U0933602

# 幸者生存

苗德岁 著

人民文学出版社

**图书在版编目(CIP)数据**
幸者生存 / 苗德岁著. -- 北京 ：人民文学出版社，2025. --（我们小时候）. -- ISBN 978-7-02-019351-6
Ⅰ. I267
中国国家版本馆 CIP 数据核字第 2025JH1210 号

责任编辑　**卜艳冰　孙玉虎**
装帧设计　**汪佳诗**

出版发行　**人民文学出版社**
社　　址　**北京市朝内大街 166 号**
邮政编码　**100705**

印　　制　**山东新华印务有限公司**
经　　销　**全国新华书店等**

字　　数　**65 千字**
开　　本　**890 毫米×1240 毫米　1/32**
印　　张　**5.25**
版　　次　**2025 年 6 月北京第 1 版**
印　　次　**2025 年 6 月第 1 次印刷**

书　　号　**978-7-02-019351-6**
定　　价　**49.00 元**

序

# 做有生命的人

## 韩松

2013年，“我们小时候”丛书横空出世，先后推出了王安忆、苏童、迟子建、毕飞宇、周国平、郁雨君、张炜、叶兆言、宗璞、张梅溪等文学名家回忆童年的散文作品。十余年过去，“我们小时候”这一品牌越发响亮，如今，出版方又开辟了科学家系列。

新增的这套书，是我国有成就的科学家们，讲述自己小时候的故事——都是亲历的人和事，他们又善于讲，无不娓娓动听。从中看到的，是一株株水灵灵成长的秧苗，是一颗颗丰富充沛的心灵，是一个个阳光雨露下活泼自由的生命。

他们中的好几位，我在工作中就认识，感到有个特点，就是都有小孩子的天性，率真可爱而童趣盎然。他们写起自己小时候的故事，仿佛也是写现在的自己。

我不禁想到英国星际协会会长、著名科幻作家阿瑟·克拉克，给自己撰写的墓志铭："他从未长大，但他从未停止成长。"或许有成就的人，都会保持小孩子的童真。

我以为，孩子阶段所养成的基本素质，将决定整个人生。中国古话说"三岁看大，七岁看老"，这是有道理的。有研究表明，小孩从出生到三岁，大脑发育已达到成人脑重的70%，而在三岁至八岁会完成剩余的30%。

因此，有成就的科学家是如何走过这一阶段的，颇有启示。

从这套书中看到，作者们还是孩子时，普遍具有很强的觉察力和好奇心，他们对未知的世界充满热爱和兴趣，急切地拥抱天地万物，对动物、植物，对一滴水，对一株草，对大自然，对它们的来历和变化，都想追问一串为什么。他们对星星为什么会待在天空上，也要探寻个究竟。

另外，他们还充满想象力。看到一支舵，想到大海；看到一片雪花，想到天宇。然后他们会去辨析这些事物之间的不同。想象力，是觉察力和好奇心的进一步发挥，要穷极八荒，给未知找一个答案，破解大自然藏起来的秘密。

他们还都有一种自我驱动的力量，表现在很小就自觉地有了人生目标，并认真地为达到这个目标而不懈努力，心无旁骛，不浪费时间。他们有很强的动手能力。好几位讲到，他们小时候，经常主动尝试去做一个或生物的或物理的或数学的实验，虽然还很粗浅，但对于那时的孩子来说，已经是很厉害了。他们还在这个过程中，养成了判断和选择的能力。

他们都十分热爱学习，而不是坐在那里空想，或者把好奇心等同于无节制的玩耍。他们注重打好知识基础，把课堂里学到的与生活中观察到的，结合在一起。很奇异的是，到了考大学时，这些人几乎没有疑义地都成了学霸，成了状元。

他们从小就拥有一颗善良和正直的心。待人处事时，谦虚有礼，讲情重义，仁爱守信，留下了许多与长辈、邻里、老师、小伙伴相处的美妙故事。做一个成功的人，首先是做一个有道德的人。

让我感到钦佩的是，他们是科学家，却都十分重视人文，有很高超的文学艺术水平，有的还是诗人和艺术家。或许，科学的后面，更需要人文为支撑。科技最终是为人的，一颗温暖而敏锐的、富有诗意的心灵，是发现宇宙奥秘的根本。

他们也详细描述了自己的成长环境。他们对家乡的山川形胜、历史文化，满怀挚爱。他们善于引经据典，也熟悉白描的技能，讲起故土的风物、史实、掌故、传说、逸闻、风俗、文学、艺术、音乐、美食，如数家珍——渊博知识外，更有无限深情。他们中的不少人生活在中国历史上有名的县城，那里本来就出过名人，有悠久灿烂的文化。他们从小也因此受到熏陶。不得不说，优秀传统文化对人的影响，有多么重要；而优秀的心灵，就像蜜蜂一样，能够从中采撷到丰富的养分。

他们写的是小时候的故事，却以孩子的视角，描述了一个大时代的变迁：他们及其周围的人们，在亘古未有的剧变中沉浮，冲波逆流。偶然性和必然性，织构成了命运。抓住时代的机遇，不被暂时的困难吓退，始终保持对未来的乐观和达观，便是成功的诀窍。而这套书的价值又远远超出了成功学的传授。它是一部百科全书，从中一窥中华文明的变迁、大自然的奇妙壮阔、时代的风云变幻、科学与文化的交融，从而启迪人生，传播真知。相信无论大人孩子，都会从这套书的阅读中受益无穷。

如今，我们来到了“科技是第一现实”的时代，正值新一轮科技革命发生，我们又一次感到，优秀的科学家和工程师，对于国家的现代化进步，是多么的重要。了解科学家的成长经历，在今天看来，有了十分现实的意义。相对于他们，如今有的孩子被死死绑在单调的课程上，接受机械的教育，被要求对丰富的世界只能给出一个答案，他们本来开放的心扉被封闭了起来。科技已成决定国家前途的要害，而如何出人才，又是核心，这里的关键在于教育。我们需要突破无形的枷锁和有形的制约，培养出充满热爱、兴趣、丰沛的想象和满满的求知精神的一代新人。在这个越来越像是“由机器说了算”的时代，更需要激发人类的自由活泼的生命力。所以这套书的出版，是一场及时雨。

# 目 录

# 戏迷之家

有人说，除了少数名门之后以外，很少有人知道祖父以上的先辈们的名字。我想了一下，还确实如此，我甚至连祖父的名字都不知道。这是因为我的爷爷在我父亲还未成年的时候就病逝了——我从来没有见过爷爷。加之，一个人去世之后，即便在自己家人中也会逐渐被淡忘……

我只知道爷爷生前是乡间私塾的教书先生，我们的老家（即爷爷奶奶的家）在江苏省睢宁县苗庄。因此，江苏睢宁即我父亲生前在工作履历上所填的籍贯；我自上学以后，也一直是照着这么填的。然而，在我的记忆中，苗庄的这个“老家”，我只是小时候随父母回去过一两次而已。

后来才知道，我们家的苗姓这一支，是早年从鲁南迁过来的。多年前，我在火车上曾遇到过一位叫苗德荣的济南人，他告诉我山东的苗姓不少，他见过比较全的苗氏家谱，并认定我俩是同祖同宗同辈的。不过，在我求学工作、四处飘荡的一生中，却很少在同一学校或同一单位里，碰上过同姓的本家。

我小时候跟父母回老家，发现那里的农田多为盐碱地，土地贫瘠，不利农作物生长；即便是风调雨顺的正常年景，大多数人家也是半年糠菜半年粮，而且连烧饭的柴火也无处可寻。在生物演化的历史上，生物的迁徙与扩散，多是为了寻求或占据更有利于生存和发展的环境。因此，我一直想不通，咱们苗姓这支为什么会迁到这个貌似比鲁南的很多地方还要贫穷落后的地方，并定居了下来的呢?

或许是由于历史上的大饥荒年月（这在鲁南历史上并非罕见），人们离乡背井向外迁移，而在这种情形下，一般人们对前途并不是都有十足把握的；

这就像早期人类“走出非洲”一样——走出去了，就是走出去了，逃离就好！尽管我从未去考证过自己祖辈们的这一移居历史及其动机（或原因），但我确知：至少从我爷爷开始，我们家的根就扎在了苗庄。

关于爷爷，我知之甚少。那个年代在贫穷的农村，他甚至连一张照片或画像都没有留下来。我小时候，是见过奶奶很多次的；除了我们回过苗庄老家以外，父母也经常会接奶奶到我们安徽凤阳的家里住住，但她总是说住在城镇里不习惯，“金窝银窝不如老家的穷窝”，住不久就得回苗庄去。我母亲私下对我说，我父亲在家中是长子，奶奶还是不放心老家那边“待字闺中”的姑姑以及还在李集中学住校读书的小叔叔。

记忆中，我奶奶个头不高但人很精干，裹着一双“三寸金莲”，走起路来晃晃悠悠却又能走得很快的样子，让我们小孩子觉得既好玩儿又颇为吃惊。奶奶虽然是农村人，皮肤却又细又白，脸上细小的麻点忽隐忽现，并不是很明显，这大概即所谓“白以遮丑”吧？奶奶说话的声音很好听，尽管有很重的徐州口音（我们称之为“侉”），一开始最令我惊奇的是，她会唱戏！我父亲是京剧票友、业余琴师，他自唱自拉，有模有样——据说父亲的这一雕虫小技（加上父亲饱读诗书并写得一手好字），竟为当年（解放初期）的“县太爷”李奉三先生所欣赏，并成了很好的朋友。

记得奶奶每次来我们家，除了跟我父亲去南京、蚌埠等地赶场听戏之外，有时还在家里为我们唱上几段。通常是在父亲拉琴的时候，她会主动地说：“玉昌，拉段《红娘》里的‘小姐呀’怎么样？我也来练练嗓子。”每逢这个时候，母亲便偷偷地笑着跟我说：“瞧，奶奶一听到琴声，心里就‘技痒’啦！”

我还听母亲说，奶奶的名字叫苗李氏，是因为娘家姓李（在旧时代，女人婚后一般从夫家姓，因而婚后的名字就成了夫姓＋本姓＋氏）。奶奶的娘家住在距离苗庄很近的一个叫李集的镇子上，原本是一户经商的殷实之家。由于儿时生天花而留下了麻脸，奶奶只好下嫁到苗庄来，跟了家境贫寒但人品端正、知书识礼的爷爷。爷爷早逝后，靠着娘家的接济，奶奶再未改嫁，硬是含辛茹苦地把父亲、姑姑和小叔三个孩子拉扯成人。因此，父亲对奶奶一直是十分孝顺的。据说，爷爷生前也是能拉会唱的票友，这也是奶奶以及她的娘家人相中他的原因之一！

大概在那个时代，人们的文化娱乐形式十分有限，京剧（也被称作“大戏”，地方戏则相对地被称为“小戏”）相当流行，在山东、徐州（直到解放初期，其行政区划隶属山东省）一带，尤其如此。前些年听小叔说，李集的奶奶娘家后人里还出了一位当下的名角儿（杜近芳先生的弟子）呢！其实，我母亲也是喜欢听戏的，也算是个资深戏迷吧，她不仅喜欢京剧，还喜欢黄梅戏和泗州戏。然而，母亲与父亲的结合，个中是否存在着“戏缘”，我还从未考证过……

受家庭的影响和熏陶，我自小就酷爱京剧。大概五六岁的时候，父亲就亲手给我做了一把小京胡，开始教我拉琴——当然，我也跟父母看过很多戏，也会唱一些传统剧的选段。我父亲喜欢谭派和荀派，而我则更钟情于言派和程派。如果不是我过于痴迷，在上小学时，母亲一气之下把我的京胡给砸了、烧了的话，我后来有可能成为职业琴师也未可知。

那时候的京剧样板戏（尤其是最早的几部，比如《红灯记》《沙家浜》《智取威虎山》《杜鹃山》《海港》《龙江颂》等），我当时能从头到尾唱全本！我对京剧的痴迷，到了网络时代，又被重新激发起来，现在无论是京剧的视频还是音频，网上的资源非常丰富。人老了，也愈加怀旧，儿时的喜好再度被唤起，且一发而不可收。不特此也，我还影响了我的一些好朋友：我现在几乎每天的一早一晚（由于太平洋两岸时差的缘故），都跟我的同事好友、中国科学院南京地质古生物研究所的戎嘉余院士在微信上互相推送京剧的小视频。有意思（并值得骄傲）的是，这两年我还把原本并不了解京剧的、我的学妹沈梅也成功地拉入了“坑”……

父亲生前常用“无情何必生斯世，有好都能累此身”，来为自己因“玩物丧志”而未曾发达寻求开脱以及聊以自慰或自嘲。我如今已经到了“从心所欲不逾矩”之年，回首往事，我十分庆幸我出身于“戏迷之家”，感激我的父亲对我耳濡目染的影响，使我一生酷爱读书、钟情文墨、追求戏曲艺术之美，老来虽病体缠身，但从未有过片刻感到寂寞无聊，生活总是十分充实。

由此我又想到鲁迅先生曾写过“兵家儿早识刀枪”的话，看到时下不少“望子成龙”、内心焦虑的父母，一边声色俱厉地鞭策子女写作业或练琴，一边却在一旁刷着手机，我就在想：我十分庆幸我小时候从来未曾有过这样的经历——或许除了母亲那次一气之下砸了和烧了我心爱的小京胡之外……

# 写春联

等我到了上学的年龄之后，左邻右舍的大爷大娘都夸我是个早慧的孩子。其实，也不见得就真的像邻居们说得那么夸张，说到底还是家庭环境使然。父亲小时候就是在爷爷教的私塾里开蒙的，读了几年私塾以后，一是爷爷觉得自家的子女还是由别人教更好，二是新学堂里讲授许多“新学”，也是他没有办法教给我父亲的。权衡以后，他还是把我父亲送进李集的新学堂做走读插班生。因此，我父亲生前称自己的教育是“解放脚”，即先在私塾里开蒙，后又改读新学堂，就像旧时代的女子先缠了小脚，后来又放开了一样。

由于我父亲有比较好的旧学根底，平时也喜欢

回首往事，我十分庆幸我出身于“戏迷之家”，感激我的父亲对我耳濡目染的影响，使我一生酷爱读书、钟情文墨、追求戏曲艺术之美，老来虽病体缠身，但从未有过片刻感到寂寞无聊，生活总是十分充实。

吟诗作赋，因此我很小的时候（在上小学之前），就会背诵一些古诗词。像骆宾王的“鹅鹅鹅，曲项向天歌。白毛浮绿水，红掌拨清波”、李白的“床前明月光，疑是地上霜。举头望明月，低头思故乡”、杜甫的“两个黄鹂鸣翠柳，一行白鹭上青天。窗含西岭千秋雪，门泊东吴万里船”、王驾的“雨前初见花间蕊，雨后全无叶底花。蛱蝶纷纷过墙去，却疑春色在邻家”等，这些小孩子听了简单易懂的五言或七言诗，我听一两遍就记住了。其实，许多同龄的孩子们都应该不难做到的。

当然，后来父亲也教我一点古诗词格律、音韵和对仗方面的基本知识。比如，有关对仗，他教我背诵了李笠翁的“对韵”：“天对地，雨对风。大陆对长空。山花对海树，赤日对苍穹……”我还记得他给我讲解缙小时候写对联的故事，我小小的年纪听了就觉得很好玩儿。解缙是明代一位神童、才子，他家对面住着一个财主，屋前有一片竹园，他写了一副对联贴在自家门前：“门对千棵竹，家藏万卷书。”对门的财主看了，心里不爽，觉得解家这是在炫耀自己是书香门第，便把竹梢给砍去了。据说解缙颇有急智，遂在对联的上下联尾处各添一个字，变成了：“门对千棵竹短，家藏万卷书长。”对门财主看了，一气之下，便把竹子全砍了！解缙又在对联的上下联各加了一个字，变成了：“门对千棵竹短无，家藏万卷书长有。”

记得我当时听了就跟父亲说，我觉得这个故事（或传说）大体上是后人编的，未必真有其事。父亲感兴趣地问：“为什么呢?”我答道：“对门邻居砍去竹梢头这一点不大合理，好像是故意为‘短、长’二字的对应而‘设局’似的。若是直接把竹子砍掉，才更加合理一些。”父亲略想了一下，觉得有点道理，并鼓励我说：“凡事不轻信、不盲从，自己先动脑筋想一想，这是个好习惯。”也是自那时起，我开始觉得“对对子”是一种蛮有趣的文字游戏。

小时候特别盼望过年，这对大多数孩子来说，是不言而喻的。年夜饭、新衣服、压岁钱、放鞭炮等，都是盼望了一年，到了春节，才终于给盼到了的“念想”。对我来说，自打七八岁开始，每逢春节，跟父亲一起给街坊邻居们写春联，也成了我一年一度的“念想”之一。由于我父亲写得一手好字，所以，每年快过年的时候，街坊邻居们就会买些红纸送来，请父亲替他们写一些春联。我到了七八岁的时候，就会替父亲打打下手，比如磨墨、在一端压着纸，或者把写好的放到另一张桌子上去让新墨晾干等小事、杂事。

碰上天气暖和一些的时候，我们把桌子搬到外面去写，地方宽绰一些，墨也干得快一些。每逢这时候，也会有人过来围观。联语大多是些老套的吉祥话，也有一些是父亲为求写春联的人“量身定做”的。相形之下，我对父亲的自制联语更感兴趣一些。父亲有个街坊朋友陆大夫是中医，自己开了个小诊所，有一年他来求我父亲写春联，便逗我说：“德岁，听你爸说，你也会对对子，今年你给我来一副吧！”

我看了看父亲，他笑着对我说："陆伯伯让你试试，那你就试试？"我略微想了一下，就对了一副："吃啥补啥，嘴馋得找陈师傅；脚痛医脚，生病须瞧陆医生。"陆伯伯一拍大腿说："这个好！我喜欢！"父亲也略感吃惊，说了一句："不错，不错，连你陈大爷今年的春联都有了！"于是，他便写了两副，让我一会儿给陈大爷也送去一副。

陈大爷名叫陈万彩，是我们那条街上一家餐馆的大厨师傅。每天下午，他会把新鲜的卤菜摆出来，他的口头禅就是："吃啥补啥"。我母亲经常到他那里买卤猪脑给我吃，因为陈大爷告诉她：吃脑子会补脑子。"可怜天下父母心"，看来母亲是希望我变得更聪明一些的……及至后来，我到了外地上学，听到人家骂人说："你是猪脑子呀！"我不禁莞尔一笑，想起了我小时候吃过不少陈大爷卤的猪脑子，一下子就把我曾做过的蠢事、笨事都找到了源头！

陈大爷膝下无子，但有两个比我大一些的女儿，她们很喜欢我，有好吃的糖果、点心，都会分给我。

我们家里那时候还没有女孩，我就叫她们大姐、二姐。也是因为陈大爷家的这两个姐姐，我比正常入学年龄早了近两年便上了小学！无形之中，这可能也改变了后来我一生的经历和命运……

# “伴读生”的日子（一）

我五岁那年，妈妈怀上了我的二弟。在这节骨眼上，我父母因为一方工作调动的缘故，开始了在县内的两地分居生活。虽然按照时下的标准看，这两地之间的距离（实际公里数）并不算太远，但在20世纪50年代的中期，交通远不像如今这么方便。这看似不远不近的分隔，也给一个普通的“双职工”家庭，带来了许多不便，甚至可以说是很大的麻烦。

原本操持家务就很忙碌的母亲，在一周的大多数时间没有父亲在身边帮忙的情况下，着实有点“抓瞎”了，因为我们所住的小城镇上，也没有幼儿园或托儿所等设施供我可去。这真是“怎么办？怎么办？怎么办？事到此间好为难。”（京剧《沙家浜》

中阿庆嫂的唱词。）

谁晓得在这困难的关头，却是给我吃卤猪脑的陈大爷家的两位姐姐，帮了我们家的大忙！陈家大姐比我大三岁（时年八岁），二姐则比我大两岁（时年七岁），但她们姐妹俩都在上小学一年级。这是因为大姐读书不是很开窍，虽然比二姐早上了一年学，却“不幸”留了一级（那时候叫“蹲班”），刚好这年秋季开学后，两姐妹分在了同一个班。平时两个姐姐就经常带我玩儿，她们就跟我母亲说，她们白天可以带我去学校上学！小孩子的这种话，乍听起来虽然不太靠谱，但束手无策的母亲也只好答应试一试。

自然，母亲认为这种事儿还得事先跟陈大爷和陈大娘商量一下才成，小孩子的话，哪能一说就当真了呢？晚上，母亲带上我（并备上了一份薄礼），去陈大爷家串门儿。我们娘俩进到陈家寒暄、坐定之后，显然母亲对来意还有点羞于启齿，毕竟这有点像是“病重乱投医”的样子……

陈大娘似乎觉察出了我母亲的“窘境”，便笑着说：“我们家大丫、二丫跟我们说了，你白天上班，把德岁一个人丢在家里，不放心。她们想把他带学校去当‘伴学郎’呢！”陈大娘快人快语，说罢哈哈大笑。我母亲也忍不住跟着笑起来，并说：“两个小姐姐主动想出来这个办法来帮助我们，我想，只要您跟陈大哥不反对的话，就让德岁给二位千金当个随身书童吧！可我也不知道人家学校里准不准许呢。”

陈大爷在一旁安抚我母亲说：“您不必担心，咱们这小地方的学校规矩没有那么多。好像这种事并不罕见，只要孩子在教室里安安静静、不吵不闹、不影响上课，老师们也都是睁一只眼闭一只眼的，哪家又没有这样那样的难处呢？我跟两个丫头的班主任万老师很熟，赶明儿个我见到他，给他打个招呼。您放心好了，像德岁这么乖的孩子，不淘气，又文静，说不定到时候他比我们两个丫头学得还好呢！”

果然，没过两天，陈家两个姐姐就兴冲冲地跑到我家，告诉我们：万老师已经同意我可以跟她们一起去上学啦！我母亲已经给我准备好了一个小书包、一个小板凳以及一个稍高一些的方凳子。她向我们解释这两个凳子的用途：虽说是老师同意了我去，但教室里并没有我的位子（即其他学生那样的课桌和板凳）。我得用自带的方凳放在姐姐课桌下面当作我的课桌，而小板凳才是我自己的坐凳。只有这样，从外表上看，教室里并没有多出我这个“小”学生来。不管怎么说，我不需要一个人被锁在家里一天，而是可以跟姐姐们一起去上学啦！

第二天早上，母亲把我叫起来，说：“该起床啦，吃了早饭，两个姐姐就来接你去学校了。”我兴奋地立即爬了起来，洗漱完毕，匆匆地吃了早饭，就听到两个姐姐在外面敲门了。我母亲给她们开了门，把方凳交给了大姐姐，把小板凳交给了二姐姐，把书包给我斜挎在肩上，对陈家二位姐姐说：“德岁就交给你们啦！好好地上学。”又转过来再一次地叮嘱我：“老师在上面上课的时候，你坐在桌子下面好好地听老师讲课，不要出声。要尿尿了，就自己轻轻地出去，不要憋着，进出门的时候不要搞出什么响动来！要听两个姐姐的话……”

我略显不耐烦地答道：“知道啦！您昨晚都已交代过无数遍啦！”大姐扛着方木凳，二姐一手提着我的小板凳，一手拉着我，我头也不回地就跟着两个姐姐匆匆地往学校走去了。这虽然不是新学期的第一天，却是我上学的第一天，我心里充满了好奇：上学究竟是个什么样子？为什么小孩子都要上学，但有些孩子又不喜欢上学呢？

两个姐姐带着我走进教室时，里面已经有好几个小朋友了。他们看到了我，就一下子都围了上来，好奇地问：“你这么小，怎么也来上学了呀？”我一下子给问蒙了，也不知道如何回答。大姐姐说，他家里没人带，就跟我们来学校了。大姐姐把我领到她的课桌那里，把方木凳放在了课桌下面，把我的小板凳放好，让我坐下去试试。她也在我的身后摆好了她的凳子，自己坐下来试了试，还挺好。大姐跟我说，你想要什么拉拉我的裤脚就可以了，我带来了一些零食，吃的时候，嘴里尽量不要弄出什么声音。我说，我书包里也有，我妈昨晚就给装好了。我的书包里还有个小本子和铅笔，你们上课时，我可以在下面写写画画的。

令人沮丧的是，我坐在桌子底下，前面还有一个哥哥坐在那里挡住我的视线，我既看不到黑板，也看不到老师，只能专心“听”课了。我坐在下面，只听到上课铃响了，老师走进教室了，大家站起来，又坐下了……

我记忆中，那天的第一堂课是语文课，整堂课就是学生们跟着老师学注音字母ㄅ、ㄆ、ㄇ、ㄈ等的读音（注音字母是推广汉语拼音之前的一套注音方法）。大家一起读的时候，我也可以在下面跟着读，但字母是怎么写的，我却看不到！我实在好奇，就忍不住拉了拉姐姐的裤管，低声地问她字母的写法，她把她的书递给我，根据老师在讲台上面的读音，用手指头一个一个地指着给我看。然后，我也在本子上照葫芦画瓢地抄下来……好在一堂课翻来覆去地学这点儿东西，我倒是一下子就记住了。

实际上，算术课也不难。

接下来一段时间的算术课，老师讲阿拉伯数字以及个位数的加减法，我光听听就会了，因为这些东西，以前在家里我就学过了。相比起来，我最喜欢的是上音乐课。我不需要尽力保持安静和沉默，可以扯着嗓子跟大家一起学唱歌，还能听到老师在上面弹风琴。

就这样，我一天天地也把一个学期给“混”下来了，万老师他们几位任课老师还夸我特别守课堂纪律！只是我自己觉得这种学上得好无聊，一个学期学的东西实在太少了——不过瘾。我父亲周末给我补的东西，比学校里的有趣多了。回想起来，我的角色主要还真是伴读！可我怎么也想不明白，大姐姐怎么竟然会留一级的？直到有一次我在桌子底下替她“救场”……

# “伴读生”的日子（二）

陈家大姐上课的时候，总是心不在焉的。由于我坐在她的脚下，这个我看得最清楚了。她上课的时候，其实是挺忙的：一会儿叠纸，一会儿画画，一会儿偷看小人书，还要时不时地照看一下脚边上的我。因此，老师在讲台上面究竟在讲些什么，我觉得她大概还不如我这个既看不见老师又看不见黑板上板书的伴读生“门儿清”呢……

果然，有一天上午在算术课上，大姐姐在老师的课堂提问时，遇上了一点小麻烦——估计是老师注意到了她在课堂上做小动作，就让她站起来回答问题：2 加 4 等于几？不知是因为她走神了并没听清楚老师的问题，还是紧张了便急不择言地胡乱回答，只见她从座位上站起来，似乎不假思索地就回答说："等于5。"这时候我听到同学中有人在低声地偷笑。我心想：完了！不过还好，老师只是挺和蔼地说道："你不要先急着回答，再想一想看，想好了再回答。"

这时候，我发现她真的开始有点紧张了，右脚不自在地在下面划动着……在下面的我赶紧在纸上画了2条竖线，然后又在后面跟着画了4条竖线，我数了一下共计6条竖线，我想：正确的答案应该就是6了。于是我赶快在纸上写了个很大的"6"，并拉拉姐姐的裤管。我把纸上写的"6"递给她看，她快速地往下瞟了一眼，轻轻地（有点不太自信地）答道："王老师，是6吧？"老师说："好吧，你坐下。好好听课！"

她坐下不久，就给我往下递了一颗糖果。我想这是对我替她"救场"的奖励吧。下课铃响了之后，老师说："下课！"然后班上的小朋友们都飞快地跑出了教室。大姐姐把我从桌子底下拉了出来，说："咱们也出去玩一会儿。"她好奇地问我："你是怎么知道答案的？”我就把画线的“诀窍”跟她说了，她笑着拍了拍我的头，夸了我一句：“你小脑袋瓜还真是挺聪明的！”

或许她是因为“蹲班”的缘故吧，一是可能对再听一遍大同小异的课已失去了新鲜感，二是她好像对算术课真的毫无兴趣。不过，我发现大姐姐其实并不讨厌上学，只是不喜欢上课而已，她对课间与课外活动，还是充满了热情和兴趣的。

我们小时候，绝大部分人家的生活都很清贫、俭朴。那时候，我们既没有什么玩具厂生产的玩具，更没有游戏机或是手机可以玩。然而，小孩子们总是能够“因地制宜”地变着花样儿玩各种各样有趣的游戏——我喜欢把我童年时代孩子们玩的这些游戏，称作“原生态”游戏。

我们学校的操场与教室之间，有个篮球场，小朋友们在课间休息的时候，都一窝蜂地涌向篮球场去玩耍。虽然还只是小学生，但我注意到男孩子与女孩子们之间的“界线”，也是“泾渭分明”的。男孩子一堆一堆地聚集，除了相互追逐玩耍之外，有的蹲在一起“弹（读 tán）溜子”（很多地方也叫“打弹子”，“溜子”或“弹子”是一种很小的彩色玻璃球），有的则围成一圈玩“斗鸡”。

玩斗鸡是空手把戏，啥都不需要，只要有两个小孩就可以玩起来（即一对一地斗“鸡”），就是各自用单腿立地（“金鸡独立”的架势），把另一条腿的膝盖弯成一个角度，由双手端起，跟对手面对面，用膝盖碰撞对方同样端起的膝盖，在“斗”（相互碰撞）的过程中，两人都用着地的那条单腿前后左右移动，直到一方立不稳而双腿着地即成为输家。比较厉害的，还可以一个人轮番斗不止一个“鸡”（对手）。这种游戏十分简单易行，既能锻炼一个人的勇气、对抗能力和竞争精神，也能训练身体平衡能力、耐力以及应变能力，在男孩子中间非常流行；而且从小学一直可以玩到中学，让很多人乐此不疲。

弹溜子也不需要多少成本，记得当年的溜子也就是一两分钱一颗，通常一颗溜子是可以玩许久

弹溜子也不需要多少成本，记得当年的溜子也就是一两分钱一颗，通常一颗溜子是可以玩许久的。弹溜子也有很多种玩法：独自一个人也可以练习弹着玩，但最好是两人或两人以上比赛着玩才更有意思。

的——当然，有时候溜子的表面可能会被打破掉一点玻璃碎屑，但一般还是可以继续弹下去的。因此，赛场上“遍体鳞伤”的溜子并不罕见。弹溜子也有很多种玩法：独自一个人也可以练习弹着玩，但最好是两人或两人以上比赛着玩才更有意思。

弹溜子通常是把手的拇指与食指向内弯曲，食指放在前，拇指摆在稍后一点，把溜子放在两指之间，食指挡在前下方以防止溜子从手中滑落，然后瞄准目标溜子，迅速地用拇指往前用力一弹，如果你的溜子击中了对方的溜子，即为胜利。弹溜子的姿势也是五花八门的，既可以蹲着，也可以趴在地上，甚至有的高手还可以站着弹。弹溜子需要瞄得准，拇指弹出时要果断有力，跟射击打靶差不多。

女孩子则通常聚集在一起，玩女孩子的游戏：有跳绳的，也有跳橡皮筋的，还有玩“跳房子”游戏的……“跳房子”游戏，现在的小朋友可能很少见到了。这曾是一种广受欢迎的传统民间体育游戏，原本是不分男女老少的，后来逐渐地成为女孩子的专属游戏项目。

“跳房子”游戏对场地的要求非常宽泛，只要有空地就可以玩。如果是水泥地、柏油路面，或是砖头铺设的坚硬地面的话，只要有支粉笔即可。如果是泥土地面的话，只要有一个小木棍或小树枝就足够了。总之，只要在地面上能画（或：划）上若干（一般 9 或 12）个方格子，并给每个方格按顺序编个号，就可以玩“跳房子”游戏了。

每个方格代表一个房子，捡一块破瓦片或扁平一点的小石块，丢在起点的方格 1（即 1 号“房子”）里，游戏者向后弯起一条腿，用另一条单脚落地的腿往前跳，并同时用脚尖将破瓦片或小石块往前踢。在每个格子里，该脚只能落地停留一次，而且往前踢的瓦片或石块在被踢往另一个格子里的过程中，既不能压着线也不能踢出格子。此外，跳的那只单脚也不能乱跳，要按照格子编号的顺序，踢着瓦片或石块依次往前跳，否则就算犯规并被罚出局。在跳者被罚下场后，由另一个游戏玩伴接替往下玩。

能够完美地踢着瓦片或石块依次跳完所有格子者，获得“跳房子”游戏的最终胜利。“跳房子”游戏，对身体平衡的控制力以及踢瓦片或石块的准确性均要求较高，因此是很好的一种体育游戏活动。

回想起童年这些游戏，再看看现在许多与我们那时差不多同龄的小朋友所玩的电子游戏，却总是让我对现在这些“高科技”的玩具羡慕不起来。我们那时所得到的，是一种单纯的、自然的、群体的与实在的快乐，而不是玄奥的、人工的、孤独的和虚拟的快感……

由于我只是一个跟着陈家两位姐姐“伴学”的“小屁孩”，因而我无法加入学校里比我大的那些男孩子玩的游戏，只能跟女孩子一起玩。直到学期结束时，我才有机会参加了全班男女生混合在一起的、非常好玩的游戏，而且还有幸当了一回“主角”！

## “伴读生”的日子（三）

秋去冬来，悄然不觉地就进入十二月，眼看着一个学期也快要结束了。姐姐们都在盼望着放寒假，而我作为伴读生，则渐入佳境——我觉得上学，可比待在家里有意思多啦。尤其是听姐姐们说学期结束还要开个班级联欢会，想想就会很热闹。

有一天放学回家的路上，陈家两个姐姐高兴地跟我说：“吴老师（音乐老师）要帮我们排练一个‘小白兔拔萝卜’的游戏节目，想让你也参加呢！”我听了以后很吃惊：“为什么要我也参加呢？我只是一个旁听生呀。”小姐姐拉了拉我后脑勺上的小辫子，诡异地笑着说：“因为你可以替我们演大萝卜呀——你的头上有萝卜缨子可以让我们抓住往外拔呀！”

我一方面很高兴能够参加她们的演出，另一方面心里又有点担心：她们拉我的小辫子会不会很疼呀？我下意识地拉了一下头上的小辫子。大姐姐好像看出了我的犹豫，便鼓励我说：“你不要害怕，吴老师说，我们不会真去用力拉的，只是装装样子的。”

是的，你们没有看错——我小时候是留小辫子的！而且，直到我满十周岁以后才剪掉。为此，我曾不止一次地“抗争”过，但都无济于事。据妈妈说，这是为了保佑我平安无恙。其实，她和父亲并不相信这类迷信的说法，但据说这是我们老家的风俗。由于我父亲上一辈从我爷爷算起，我们家好几代都是男丁单传，因此据说至少从我爷爷那一代开始，家里的男丁从小都要留辫子。其实，我爷爷以上的祖辈都还生活在清朝，无疑那时候大家也都必须留辫子的……

既然我祖母十分坚持这一点，我父母也只好顺从她。我虽然不情愿、不高兴，但也没有用。好在小时候在学校里，男孩子像我这样留小辫子的，也并非只有我一人。不过，有时候遇到调皮的小朋友取笑我们头上的小辫子，也还是让人挺不开心的。所幸我从小就不是很顽皮，从来没有跟别的小朋友打过架；否则，在这种情况下，这头上的小辫子肯定是身上“最薄弱的一环”，因为双方厮打起来是很容易被人家“抓小辫子”的。

游戏节目的排练和演出，都十分顺利。事实上，我连一句台词都不需要背，只要坐在地上就成。陈家小姐姐演小白兔，是她抓着我的小辫子，在她后面抓着她的小山羊，则是由大姐姐扮演的。吴老师还替我做了个纸糊的大红萝卜道具套在我的身上，演出的那天，姐姐们又用绿绸带子扎在我的小辫子上。在几个小伙伴都一起使劲叫“拔呀拔”的时候，只听小姐姐在我耳边轻轻地说，你可以起来了。我于是缓缓地从地上爬起来，观众中响起了一阵热烈的掌声。总之，这是我人生中的第一次舞台表演经历。让我聊以自慰的是，小小年纪的我，在演出的过程中一没紧张，二没“掉链子”……

更重要的是，一个学期下来，由于我在课堂上遵守纪律的良好表现，班上的几位老师都很喜欢我。这次排练和演出，尤其给吴老师留下了很好的印象，她第二天问我：“你愿不愿意做个正式的学生？回去先问问你的家长，我再去征求一下万老师他们的意见。”

那天放学回家以后，晚上我就把吴老师交代我的话告诉了母亲，母亲听了以后问我：“你自己觉得呢？你想现在就上学呢，还是再等两年？”我感到有点奇怪，便反问道：“我不是已经上了快一学期了吗？我觉得挺好的呀！学校里的小朋友很多，我喜欢跟他们在一起。而且等我成了正式学生之后，班上的小男孩就没有理由不带着我玩了，现在我只能跟着两个姐姐，整天和女孩子在一起玩……”

母亲听了点点头说：“那我找你们学校老师说说去，要么你下学期先试一个学期？行就继续读下去，不行的话，等你到了年龄再说。”我满不在乎地说：“有什么不行的？在教室里上的那些课都简单得要命，也许体育课倒要试试看……”母亲看我胸有成竹的样子，摸了摸我的头，颇为满意地说：“我也觉得我们家德岁是可以的！”

放寒假的前一天，学校只上了上午半天的课。班主任给同学们依次发放了成绩单。临近结束的时候，万老师走到大姐姐的桌子旁边，弯下腰笑着对我说：“苗德岁同学，你可以出来啦！下学期你可以有自己的课桌啦，欢迎你成为我们班里正式的一员！”两个姐姐以及班上其他同学都鼓起掌来——看来我还是挺受大家欢迎的，这无疑给我增添了信心。

显然，我这一学期的伴读，或者更准确地说是试读，算是圆满结束了，从下学期开始，我就“转正”啦！现在回想起来，我当年比同龄人早两年上学，虽然是件十分偶然的事情，却因此彻底改变了我的人生轨迹。这好比一个没有经验的旅行者，倘若在站台上懵懵懂懂地提早搭上了一班车，不仅在旅途上所遇到的人会大不相同，而且连最终抵达的目的地也可能完全改变了——事实上，我后来的人生经历也正是如此呢……

在我整个求学经历中，绝大多数时候，我都是班里年龄最小的一个，一般比同学们至少小两三岁——这无疑促进了我在心智上的早熟。1978年，我是改革开放、恢复研究生制度第一年被录取的首届研究生。在中国科学院研究生院我们那届同学里，年龄相差十几岁甚至二十岁以上的大有人在。我与于小康、宋真真、白春礼等是年龄最小的少数几人，刘嘉麒、吴国雄等比我们大一些，但远不是年龄最长者。

我并非主张低龄上学，也并不认为自己曾是所谓“神童”，我只想指出人生中偶然因素的重要性。这就好比大约6600万年前，一颗小行星撞上了地球，产生了极高的温度并掀起了遮天蔽日的尘埃，导致恐龙等许多大型动物灭绝。而我们哺乳动物的祖先那时候十分卑微、渺小，在那之前的千百万年间，曾战战兢兢地生活在地球霸主恐龙的阴影之下（像小老鼠一样白天躲在地下的洞穴里，只有夜间才敢出来活动），却躲过了那一场大劫，并逐步演化出我们智人这个物种。在生物演化上，这叫“适者生存”，也有人称之为“幸（运）者生存”。同样，我一直认为：在我的同龄人里，比我聪明的人大有人在，只是由于我因“伴读”而早上了两年学，后来便阴差阳错地获得了一些机遇，成了一个很幸运的人。为此，我万分感激陈家的两位姐姐当年带我去学校伴读，也衷心感谢当年小学的那几位老师对我的宽容与厚爱。

# 打麻雀

1958年的春夏之交，我刚满七岁，二年级的下学期也接近尾声了。跟社会上一样，此时学校里也大张旗鼓地掀起了“除四害、讲卫生”的运动。四害分别是：老鼠、麻雀、苍蝇和蚊子。由于老鼠、苍蝇和蚊子都会传染疾病，因此它们对人们的卫生环境和身体健康均有害无益，被列为四害一般来说是比较容易理解的。但麻雀为什么会被列为“四害”中的老二呢？

今天的小朋友，尤其是生长在城市里的小朋友，可能对麻雀这种小动物并不是很熟悉，因为在城市环境中，麻雀在日常生活中已经不太常见了。然而，在我小的时候，麻雀则是随处可见的鸟类。它们四处做窝，飞起来一群群、一阵阵的，尤其喜欢在枝头叽叽喳喳地鸣叫。这些其实都无大害，麻雀的"臭名远扬"之处，在于它们喜欢吃农民的庄稼（种子和谷物），即与人类争夺粮食资源。我们经常可以看到农民伯伯会在庄稼地的田边立起稻草人，就是为了吓唬常来田间造访、偷吃庄稼的麻雀。由于当时的目标之一是要提高粮食生产的指标，因而，爱偷嘴的小麻雀自然而然地就上了"四害"的黑名单。

人民群众充分显示了惊人的聪明才智。比如，诱捕老鼠一项，人们便想出各种各样的奇招：除了用老鼠夹子通过诱饵来捕鼠，还有用水缸捕鼠的，即在装有小半缸的水缸里，往水面上撒上一层麦子的麸皮（或是稻糠），略炒过、散发出香味的，则效果更佳；饥饿或嘴馋的老鼠们看不见下面的水，便会贸然跳入水缸去吃这些东西，从而落入水中淹死。也有人在水缸的缸口上放一张牛皮纸或是一头悬空的翻板，在牛皮纸或翻板上面放上玉米粒、炒黄豆或其他食物当诱饵，同样能够十分有效地将偷嘴的小老鼠们引诱落水淹死。此外，还有掏老鼠窝的，用碗、盆、桶等家什来扣老鼠的，或是用胶等黏性物质伴之以诱饵去粘住老鼠的……总之，群众的智慧真是无穷无尽。

我当年听过最离奇的一种灭鼠的“招数”，是所谓“外科手术法”。据说当年北京曾有人活捉了一只老鼠，往其肛门里塞上一粒大豆，并用线将肛门缝上，然后将其“放生”。老鼠逃回洞里之后，由于长时间无法大便，“着急上火”，便疯狂地把一窝里的其他老鼠，都活活地给咬死了！当然，最后它自己也因拉不出屎来而被憋死了……记得上述这些捕鼠的方法，在当年都曾作为先进经验而被广泛地介绍和推广过。不过，我记得最清晰的，还是打麻雀，一是因为我亲自参加了，二是因为它所采取的令人难忘并叹为观止的人海战术。

打麻雀是一场男女老少齐上阵的运动，从早到晚，大人不上班，我们不上课，大家都在外面敲锣打鼓、大呼小叫、敲脸盆、挥舞红旗和竹竿，不停地追逐、轰赶和抓获麻雀，使它们无处藏身、无法休息、不停地拼命飞翔逃命，直到在飞行中累得一个个掉下来，摔死在地上。那种画面对于六七岁的我来说，真是印象至深——虽然60多年过去了，现在回忆起来，依然栩栩如生地浮现在眼前……

我清楚地记得，我举着一根长竹竿，上面拴着一条红布，一边跟在陈家两位姐姐后面跑，一边跟着大家一起大喊大叫，不管是否看得见麻雀在飞，反正就是跟大家一起在围追堵截、恐吓轰赶可能藏身在任何一个地方的麻雀。经过连续几天的“人海大战”，确实显现出辉煌战果：再也看不到树枝上或电线上有麻雀了。原来那些玩弹弓打麻雀的小男孩，现在也找不到“射击”的对象了。有些人还把很多打死的麻雀聚集起来，用绳子拴成一串一串的，拿到单位或学校去汇报战果。

打麻雀给我留下深刻印象的另一个因素，是有关麻雀诗的。在“除四害”运动中，不仅有民间广泛流传的顺口溜：“老鼠奸，麻雀坏，苍蝇蚊子像右派。吸人血，招病害，偷人粮食搞破坏。”甚至连大文豪郭沫若先生也做了一首《咒麻雀》的新体诗：“麻雀麻雀气太官，天垮下来你不管。麻雀麻雀气太阔，吃起米来如风刮。麻雀麻雀气太暮，光是偷懒没事做。麻雀麻雀气太傲，既怕红来又怕闹。麻雀麻雀气太骄，虽有翅膀飞不高……”

记得当年父亲曾私下对我评论说，郭老这首诗写得有点像“急就章”，未显示出他在写《天上的市街》时曾有过的奇情异彩。另外，他还告诉我，清代有位大学者和剧作家叫李调元，倒是写过一首很好玩的有关麻雀的打油诗：“一窝两窝三四窝，五窝六窝七八窝，食尽皇王千钟粟，凤凰何少尔何多！”这是李调元即兴写来讽刺当场给他出难题的一帮地方官的。

这件事也曾激起日后我对广泛阅读的兴趣，记得我当时听了父亲这一番话之后，心中好生羡慕父亲的博学，立志长大以后也能像他那样出口成章。我的父亲基本上属于一个“自学成才”的人，他虽然没有机会读过大学，但博览群书、腹笥丰赡、兴趣广泛，是一个十分有情趣的人。

说实话，作为一名演化生物学家，我现今回忆起半个多世纪前参与的“打麻雀”这件事，更是“别有一番滋味在心头”。次年春，人们突然惊恐地发现：一些城市的绿化树木发生了较为严重的虫害，农村也出现了农作物上病虫害泛滥、粮食减产的现象。既然“浑蛋鸟”麻雀几乎绝迹了，为什么粮食没有增产反而减产了呢？当年经过中国科学院动物研究所的著名鸟类学家郑作新先生研究发现：麻雀是杂食动物，其主要食物来源是农作物上的害虫以及其他植物的种子，而不是农民种植的谷物。因而，消灭了麻雀，也就等于消灭了这些树木和农作物身上害虫的天敌，应该立即停止消灭麻雀的做法。他的这一建议很快被采纳，从而使麻雀得以“平反”。此后，“四害”中的麻雀也被臭虫所取代。

很多年以后，当我学习生态学时，使我更进一步地认识到，自然界实际上存在着巨大的食物链

（或食物网），不同物种之间有着千丝万缕的联系：一个物种的消失很可能会引起与其相关的其他一些物种的灭绝抑或繁盛，从而破坏了原有的“生态平衡”。因此，这也是为什么当年曾经人人喊打的麻雀，现已被正式列入国家野生动物保护名录——因为麻雀除了会吃掉农作物上的害虫，还会帮助植物传粉，以及通过食用植物种子并将肠胃中未消化掉的种子排泄在异地的方式，客观上起到了帮助该植物传播的作用，从而使麻雀在维持大自然的生态平衡方面，也起着十分重要的作用。

## “敲石头”的开端

1958年秋天，我那时已经是小学三年级的学生了。为了满足国家工业化建设对钢铁产量的急切需求，举国上下都在开展一场热火朝天的“大炼钢铁”活动。记得当年的口号是“以钢为纲，让钢铁元帅升帐”，一时间，全国城乡各地都纷纷建起了大大小小、土法上马的“小高炉”，用来炼铁。

这些小高炉，跟炼钢厂的工业高炉大不一样。记得都是在院子里甚至是街道边的空地上，用砖头（甚至土坯）砌起来的，一般只有一人多高的土高炉（土窑）。那时候，大人也不上班了，大家整天都围着小高炉转。由于学校老师也都要参加大炼钢铁运动，在相当长的一段时间里，我们也不在学校里的课堂上课了，而是跟着老师和家长们，在工地现场“上学”、玩耍、生活。

我们家乡那地方，附近并没有铁矿和煤矿资源，没有铁矿石可炼，便从家家户户收集一切可以收集到的所谓“废铁”，比如铁锅、铁门、铁栅栏、各种铁器工具，甚至铁锁、铁钉等。没有焦炭，大人们就去附近山林里砍树（主要是马尾松一类的树）来烧木炭。我们这样的小孩子，则围在高炉附近、大人身边，帮帮忙，打打杂。我记得，我干得最多的，就是坐在地上敲小石块：把当作炼铁溶剂用的大块一点的石灰岩或白云岩，一点一点地敲碎成小块石子，便于在高炉里让这些小石子吸附铁水里的杂质以形成氧化渣，既便于清理，又能使铁水变得更加纯净。

敲石头看起来是件很单调无聊的事儿，但对于当时的我来说，却一点也没有觉得无聊。开始敲起来并不轻松，后来慢慢地找到了一点窍门：沿着石块上的裂隙或是往有突出棱角的地方敲，就比较容易敲下碎块来。对于这点小窍门，我自己还是蛮得意的。另外，我还在石头里发现了一些奇奇怪怪的东西，跟周围的石头很不一样，好像有特殊的形状，有的甚至长得有点像小虫子或贝壳。但我拿给大人们看，他们也不认识是什么东西。还有人反问，石头里怎么会生虫子？虽然我当时就觉得恐怕并没有这么简单，心里非常好奇，却又找不到答案。直到长大以后回想起来才意识到：可能那些就是海洋动物的化石吧？因为那些石头是在远古海洋里沉积下来的。——这些都是后来读书才慢慢地认识到的……

高炉点起来之后就不能停火。把那些废铁放进炉膛之后，里面再加入石灰岩、白云岩的小石子以及炭，要在高炉里一直不停地猛烧。小高炉下面还要用鼓风机不停地鼓风，就像生炉子要用扇子扇、铁匠们打铁时要在炉子旁边拉风箱是同一个道理。那些废铁被高温熔化了之后，就变成了铁水。“开炉”的时候，是最令人兴奋的时刻：眼见着铁水像一条火龙一样冲出小高炉的炉膛，流入事先挖好并铺上了细砂的沙坑里。铁水冷却之后，就变成了一条条、一块块的“铁饼”(即生铁胚)。

然后，大人们就把这些冷却后的铁饼放到平板车上，小心翼翼地垒起来，还用红绸布带子将其捆住，并用大张的红纸写好喜报，一路敲锣打鼓地送到地方政府去报喜。我们小孩子们也欢快地跟在报喜队伍后面，一边跑，一边跳，一边唱着歌……

1958年的那个秋季学期，我们基本上就是在小高炉周围度过的。白天上学，跟学校的老师们一起，在学校的小高炉旁边上课并参加劳动(我因为年纪小，干不了别的活，主要是坐在石头堆里，用小榔头不停地敲石子)。放学后，跟母亲在她们单位的小高炉边上度过时光，也不时地帮助大人们打打杂。很多时候，连晚上也是在小高炉旁边度过的。那时候，男女老少齐上阵，真可谓群情振奋——即便这样不分昼夜地干，似乎也从来没听到有人抱怨过。我们小孩子就更感到日子过得很热闹了，而且丝毫没有厌倦的情绪。后来有人说那个时代是“激情燃烧的岁月”，至少在我的童年记忆中，似乎感觉确实是这个样子的。

记得那时候还是个全民作诗的时代，民间出现了许多朗朗上口的歌谣，有些还像标语口号一样，被书写在屋子外面的墙壁上。街道两旁的围墙上，也都画上了宣传三面红旗的宣传画。关于大炼钢铁，我还记得有一首歌谣，写得颇为形象：“遍地高炉日夜烧，青烟直上九重霄；玉皇大帝受不了，众神熏得眼泪抛。”

前些年，我曾看到一则有关钱钟书先生的童年逸事：据说他还是婴儿的时候，家里人按当地习俗，给他“抓周”——就是拿一些东西放在他面前，看他抓哪一样东西，以预测他未来的爱好或前程。结果，他竟抓住了“文房四宝”中的一支毛笔，后来果真成了人文科学界的大学问家。不知为何，我当时看了就很自然地联想到大炼钢铁时我曾敲过许多天的石头，长大以后，我上大学所学的竟也是地质系的地层古生物学专业！我后来一生中的野外考察工作，就是身背地质包，手里拿着一把地质锤，四处敲石头、打化石……因此，大炼钢铁时的敲石子，在冥冥之中倒是成了我在成年之后所学专业上的“预适应”了。（预适应是指生物的某个身体构造的功能在后来的演化中，转化成为新的用途。比如，恐龙身上的羽毛最初是为了保暖，在演化过程中，被早期的鸟类祖先用于飞行了。而我则是由小时候敲石头炼铁，到了成年后变作敲石头做科学研究。）

记得我大学期间的第一次野外实习是在南京郊区，考察那里出露的古生代石灰岩与白云岩地层以及所含古生物化石。老师们在野外实地教我们如何区分石灰岩与白云岩，如何在这些岩层里寻找化石。当时感到颇为神奇，因为石灰岩的成分是碳酸钙，老师往新鲜的石头表面滴上一两滴稀释的盐酸，石头就会冒出泡泡来。而白云岩主要成分是碳酸镁钙，滴上盐酸只会微弱地起泡，甚至不起泡（如果碳酸镁含量相对较高的话）。

奇怪的是，当我在野外看到那些岩石的时候，思绪一下子就把我带回到1958年的小高炉边。在那几个月里，我曾用小小的榔头敲碎过不知多少这样的石头（虽然并不了解它们之间化学成分的区别），也曾在里面发现过化石（只是那时候并没有意识到它们是化石，也从来没有听说过“化石”一词而已）；因此它们对我来说，一点也不陌生——这真可以说是无巧不成书啊……

尤其是后来联想起钱钟书先生“抓周”的故事，我便顿时恍然大悟：原来我童年时也就曾“抓”过我未来的“饭碗”啊！

# 高歌壮胆

记得我八岁那年春寒料峭时节的一个周末，吃早饭的时候，我母亲跟我念叨着："你爸前几天去燃灯供销社协助查账去了，走的时候匆忙，厚毛衣忘记带了，也不知道他在那里冷不冷。我今天还要去单位值班，也不能给他送去了……"

未等妈妈的话说完，我就自告奋勇地说："我上午给他送去就是了！"母亲看着我，摇摇头说："燃灯离这儿四五里路呢，你一个小孩子怎么去？"

显然，她对我一个人去，还是有点不放心的。我便颇为自信地说："那有什么呀？我们学校几个月前秋收支农，我们班里去镇子南边的乡下田里拾稻穗、捡豆子的时候，我们就快要走到燃灯了——我认识那段路的！”其实，往燃灯去的路，就只有从我们家出门后一直往南走的一条大路，并没有什么其他的岔路。我们班去支农劳动时，那条路我们已经来回走过好几趟了。而且，因拾稻穗、捡豆子捡拾得多，我上学期期末还受到了表扬和奖励（得了一张奖状与两本作业本的奖品）。大概是由于我在班里年龄小、个子矮、眼力好、手脚快，像弯着腰拾稻穗、捡豆子这些活儿，我可能的确比其他同学要“占便宜”一些。

那天上午的天气很好，阳光明媚，早饭后我挎着装有爸爸毛衣的书包，就要出门“远足”了。妈妈要去上班，临走前还一再地嘱咐我：“路上不要贪玩，早去早回。”我十分干脆地答道：“好的，没事儿。您就放心好啦！”

然后我就满不在乎地上路了，不一会儿就到了镇子南面的路口。出了镇子往南延伸、通向燃灯的这条路，大概有三四米宽，出了镇子后基本上就是条土路了，这在晴天当然没有什么问题，下雨之后就会变得泥泞不堪。那天路上的行人很少，我往前后看看，前面既没有从南面往我们镇子这边走来的人，后面也没有尾随着我跟我同一个方向往南走的人。出了镇子，路的两边都是一望无际的农田——这个时节主要是麦地，地里的麦苗已经露了出来，矮矮的，直直的，在阳光的照耀下，绿油油的，一片生机。

我突然意识到，跟秋收支农时走在这条路上大不相同的是：那时候路两旁的农田里，有很多忙着秋收的农民伯伯们；跟我一起在路上行走的，是老师和同学们排起的队伍——而我现在竟是孤零零的一个人踽踽独行了！

开始一段时间，刚离开镇子不远，心里的孤独感还不是很强烈。走了很长一段时间后，在路上依然没有遇到行人，脚下的步子便不禁变得越来越快，脑子里也开始胡思乱想起来……

苏东坡说，“人生识字忧患始”，对那时的我来说，则是“识字多了乱想生”。那一两年，随着识字增多，我的阅读范围也大大地拓宽了。除了学校学习之外，我父亲在家里经常教我一些他小时候的蒙学读物，什么《三字经》呀，《千字文》呀，唐诗宋词呀，还有《古文观止》里比较容易懂的一些文章。有时候，我母亲觉得我读这些东西是不是太早了，父亲说："人家王勃十四岁便即兴写出了《滕王阁序》，德岁已经七八岁了，读一读总还是可以的吧？我在这个年纪的时候，整篇整篇都是要背下来的，否则就要挨打的。"

事实上，我那时候整篇背下来也是没有问题的。像"潦水尽而寒潭清，烟光凝而暮山紫""落霞与孤鹜齐飞，秋水共长天一色"这些骈文式的句子，跟格律诗词一样，朗朗上口，是很容易背诵的。

此外，我开始读《封神演义》《聊斋志异》等一些关于神鬼方面的魔幻怪异小说，这主要是由于平时在街头听大鼓书而引起的。我小时候不像现在，既没有手机、电脑，也没有电视，连有收音机的家庭都极少见。一年到头除了偶尔看场露天电影，或是逢年过节有“草台班子”来唱出戏之外，平时人们的娱乐方式和渠道，都十分有限。因此，那时候的城镇和乡村都还活跃着一些曲艺方面的民间艺人，他们走乡串户，在街头巷尾或唱曲，或说书。在我们家乡那一带，比较流行的是安徽大鼓书和评书。

说评书的艺人，道具很简单，通常是面前摆着一张方桌，上面放着一块长方形的醒木（又称“惊堂木”），由红木、乌木或檀木做成，说书人用它猛地往桌面上一击，发出“啪”的一声，来吸引听众的注意力。说大鼓书的，则是在面前放着一面大鼓，一只手拿着单根鼓槌敲鼓，另一只手里夹着一对半月形的金属（铜或钢的）夹板不停地敲击着，发出有节奏的金属声响。评书一般只说不唱，而大鼓书则又说又唱，以说为主。我那时一度读了很多关于神鬼的小说，就是听书引起兴趣之后“扩展阅读”的结果。

谁想到肚子里的这些鬼故事，那天在去燃灯的路上，竟会不停地冒出来吓唬自己！越是害怕，就越是觉得后面好像有小“鬼”在跟踪着自己似的，却又不敢转过头去往后看。这时候只盼望着路上能有其他行人的出现。一阵阵春风吹过，却又让我想起了京剧《探阴山》里的戏文：“悲惨惨惨悲悲，阴风绕吹得我透骨寒。正南方一阵明一阵黑暗，望开封那就是自己的家园……”然而，我的目的地燃灯还没有望见，却又见到远处路旁的一片乱坟岗！

这时候，我突然想起，我不能再这样胡思乱想地低着头往前走了，我需要给自己找个法子分一分神，转移一下注意力。于是我就开始大声地唱歌——高唱一首在学校里新学的《罗盛教之歌》：“罗盛教家住湖南新化县，农民的儿子共青团员……”还别说，这还真管用！我把这首歌反复地唱了几遍以后，又换了首《歌唱二郎山》继续高歌猛进：“二呀么二郎山，高呀么高万丈，古树荒草遍山野，巨石满山岗。羊肠小道难行走，康藏交通被它挡，那个被它挡……”就这样我利用高歌壮胆，在歌声中快步地把那一片乱坟岗抛在了身后……蓦地，前方出现了隐约可见的一大片房屋——燃灯就要到啦！

进了燃灯小镇，终于看到街上有人了。我快步追上一位老大爷，问他供销社在哪里，他往前面一指说：“喏，就是右边那个有大门的房子。”我谢过了老大爷，就直奔供销社而去。商店里的阿姨带着我到后面的办公室里找到了我父亲，他见到我很吃惊：“你怎么会来这里？你妈呢？”我连忙说明来意，并把肩上的书包递给他。他打开了书包，取出了毛衣说：“我正想着抽时间回去拿毛衣呢！”

中午我跟爸爸在供销社的食堂里吃了午饭，我问他：“常常听人把燃灯叫作燃灯寺，这里真的有寺庙吗？我怎么没有看到呀？”父亲神秘地说：“吃完午饭我就带你去看看。”我知道父亲每到一地总喜欢采风，果然他才来燃灯没几天，就已经向当地的老人打听清楚了燃灯寺的来龙去脉。

午饭后，父亲领着我往街的西头走去，一路上跟我讲：“你会唱的那首‘说凤阳道凤阳’的《凤阳歌》，里面的朱皇帝指的便是明朝开国皇帝朱元璋，据说他就出生在燃灯附近的金桥坝，因为家里穷，从小就在这里的燃灯寺出家。所以，燃灯寺在中国历史上算是一个很有名的地方了。”

可惜现在燃灯寺的寺庙已不复存在，日本侵华之前，我和父亲马上要去的西头那里确实曾有一座燃灯寺，由街道两边的南寺庙与北寺庙组成。日本人来了之后，南寺庙被日本兵一把大火烧了，路北边的北寺庙却奇迹般地幸存了下来。据这里的老人说，北寺庙临街曾有三间大殿，后来因为没有僧人了，就改成了学校；而南寺庙原址上，就是现在的乡政府。我们到了那里，虽然没有见到寺庙的影子，但至少算是“到此一游”啦！（也满足了我年少时的一点好奇心。）

当地有关朱元璋的传说很多。时过境迁，尽管燃灯寺原有的建筑和古迹早已掩埋在历史的烟尘之中，但有关它们的传说还在一代又一代地众口相传……

长大以后，我上大学所学的竟也是地质系的地层古生物学专业！我后来一生中的野外考察工作，就是身背地质包，手里拿着一把地质锤，四处敲石头、打化石……因此，大炼钢铁时的敲石子，在冥冥之中倒是成了我在成年之后所学专业上的“预适应”了。

# 奶妈

我出生的时候，我母亲的奶水不够我喝的，当时我父亲正在乡下搞土改，就替我在乡下找了个奶妈。她的名字叫韩茂芳，比我妈还年轻，也是刚生了个头胎，是个女儿，叫小凤。小凤比我大几个月，当时已经可以加奶糕（当地一种类似于云片糕的婴儿奶粉替代食品）了，所以，奶妈就把多余的奶喂我。后来我长大了，还一直叫自己的母亲为妈，称奶妈为娘，管小凤叫姐姐。

1959年深秋的一个晚上，娘的丈夫夏纪五叔叔，来到我们家。他浑身浮肿，晃晃悠悠地进了我家的门，几乎马上就要瘫在地上了。母亲赶快倒了一碗热水，并端出来剩饭剩菜，让他坐下来一边吃，一边聊。那时候，我们城镇“非农业人口”的每月口粮和副食品供应也已经十分紧张了，但总还有按国家标准定量的口粮，虽然要配给相当大比例的粗粮和豆饼（豆饼原本是用大豆榨过豆油后剩下的残渣压制而成的饼状饲料）。我父母亲都在工商部门工作，近水楼台，副食品总还能隔三岔五地弄点回家来。所以，我们家基本上还能填饱肚子，但平时也不会有饭菜剩下来的。那天晚上，刚巧父亲在单位加班，吃过饭才回的家，所以剩下的实际上是原本要留给爸爸的饭菜。

夏叔叔狼吞虎咽，三下两下就把饭菜一扫而光，两眼还死死地盯着眼前的饭碗。妈妈又冲了一碗红糖水递给他，说：“你等一下，我再给你弄点吃的，但你也不能一下子吃得太多了。”

第二天，我母亲给夏叔叔弄了几斤豆饼、几碗黄豆、一小包红糖，并给他带上几个野菜玉米面的窝窝头，让他带回家去了。

夏叔叔临走时，哭着对我父母亲说：“天老爷会保佑大哥大嫂这样的大善人的！”他临出门前又转过身来，摸着我的头说：“德岁，过年的时候，我和你娘再来接你下乡。”因为我是吃娘的奶水长大的，他们也把我当成自己的儿子，往年每到逢年过节，总会把我接到乡下他们家去住上几天的。

小时候去农村过寒假的那段时间，还是挺开心的。我记得，总是夏叔叔把我扛在他的肩上或背在他的后背上，把我接到他们家去。农闲时节，他们除了照料家里养的猪以及鸡鸭鹅之外，会在家里编织一些筐子或篮子等家用物件，堂屋摆着一只火盆，我们坐在旁边烤火，听夏叔叔“讲古”。火盆边还烤着花生、栗子、红薯等零食。小风姐姐带我跟鸡、鸭、鹅在一起玩，她隔壁的舅舅家还养了几只小羊——那是一年中我有机会跟这些小动物在一起“厮混”的快乐时光……

又过了些日子，有一天吃早饭时，我妈跟我爸念叨：“德岁他爸，你得下乡去看看茂芳、纪五他们了，这有些时日没他们的消息了，我心里怪不踏实的。”

我下午放学回到家，看到娘和小凤姐姐都来了，她们身上都戴着孝，我马上意识到夏叔叔恐怕已经不在了。我丢下了书包，一头扑到了娘的怀里……

家里突然添了两张嘴，只觉得锅里的稀饭越来越稀。我才七八岁，弟弟还不满三岁。我妈总是偷偷地把她碗底留下的稠一点的稀饭倒进我的碗里。

过了不久，我父亲把我送到了蚌埠，托车站里的朋友买了一张小孩票，把我送上了去哈尔滨的快车。我的姨叔（即我父亲姨妈的大儿子）在哈尔滨当了不小的干部，而姨婶又不能生育。原本我弟弟出生后，我的姨奶奶想说服祖母把我弟弟过继给她儿子的，但我父母当时舍不得，没有同意。现在关内生活困难，于是父母就想把我送到姨叔家去暂过上几年。这样一来，家里就可以省下我的一份口粮，也让我有一个更加优渥舒适的成长环境。现在想来，这都是父母爱子心切，在当时做出的不得已的选择。

我奶奶跟她老姐说了，据说我姨奶奶听后，挺不高兴地说，哪有把老大过继给人家的？我奶奶也只好赔着笑脸说，姐姐，俺们这也不是过继，就是想让德岁去关外走走亲戚，自小他姨叔、姨婶就特别喜欢他的……

就这样，从 1959 年底至 1962 年春季，我在哈尔滨的姨叔和姨婶家里生活了长达两年多的时间。其间，我的奶妈和小凤姐姐也经常得到我父母的周济，直到我的奶妈后来改嫁给了一个老实善良的铁路工人。不久以后，安徽来了个“李青天”（即李大钊之子李葆华，是当时中央派到安徽的新任省委第一书记），在农村搞起了“包产到户”和自留地政策，农村的情况也迅速地好转过来了。

回想起来，在哈尔滨生活的两年多，是我人生中一个重大的转折。这就如同一直生活在岛屿上的鸟类或昆虫，偶然被一阵强劲的大风吹过辽阔的海面，最后落脚到了邻近的大陆上，进入了一个与之前截然不同的“生态境”。在《物种起源》里，达尔文就曾列举了不少此类的实例，这在生物地理学上被称作生物通过“偶然的媒介”而得以迁徙和扩散。这类物种，在新的、陌生的生态环境里，通常会发现许多在先前的孤岛上从未见到过的丰富资源，同时也迫使它们为了更好地适应新环境而迅速地演化。同样，我在哈尔滨生活的那一段经历，极大地开阔了我的眼界，给了我多种艺术形式的启蒙，以至于改变了我此后一生的兴趣和追求……

# 千里投亲

记忆里，1959年的冬天来得似乎比往年要早，也比往年要冷。“霜露既降，木叶尽脱”，天地间骤然弥漫着一片寒冷肃杀之气。我时年虽仅八岁，可已经是小学四年级的学生了。秋季学期结束之前，一天晚上父母突然告诉我，他们决定送我去哈尔滨的姨叔家里去，可能会跟他们在一起生活较长一段时间。当然，大人跟小孩子之间，是没有什么事情好商量的，他们只是把他们商量后的决定知会我，让我提前做好思想准备而已……

我当时虽然年纪还小，但是心里其实很清楚，家里的生活过得越来越清苦，他们心疼我，不想让我留在家里跟着他们在一起受罪，这无非是“爱之切”的一种“放生”方式。现在想来，从父母方面来说，这无疑也是不得已而为之。

我父亲与姨叔之间，堪称是情系两代人的至亲好友关系。由于我祖母跟她姐姐（即姨叔的母亲）这对老姐妹之间打小就很亲近，故姨叔小时候也是跟我父亲一起，随着我爷爷在苗庄开的私塾里开的蒙，后来他们又一同转到李集去上新学堂，并一直同学到中学毕业。因此，他们俩既有亲缘关系，也有同窗好友之谊，可以说是“亲上加亲”、亲如兄弟了。然而，由于家境的不同，他们中学毕业之后的差别，却越来越大。姨叔家境殷实，中学毕业后去了天津上大学。而我父亲是家中长子，由于爷爷早逝，他不得不过早地辍学谋生，因而失去了上大学的机会。

在哈尔滨的时候，我听姨叔跟姨婶不止一次地说过：“姨弟比我的天资才情都要高许多，然而造化弄人，才落得个满腹诗书一身才华却被埋没了的命运。德岁这孩子太像他爸爸小时候的样子了，咱们得好好地培养他……”

姨叔在天津上大学期间，参加了地下党组织的学运，后来又被党组织安排去了延安。新中国成立后，长期在哈尔滨担任文化宣传部门的组织和领导工作。姨婶则在教育部门任职，两人膝下无子女，便把姨奶奶接去哈尔滨跟他们一起住了。父母把我送去哈尔滨，算是让我姨奶奶在那里也得以享受“三世同堂”的天伦之乐。

此外，姨叔跟我说过，小时候在爷爷手下读书时，爷爷虽然严厉却经常放他一马。有一次他跟我父亲在私塾里调皮捣蛋被抓住，爷爷手中的戒尺虽然重重地打了我父亲的掌心，却在打姨叔的时候轻轻地落下了。姨叔接着说道，诗人郭小川曾写过：“再笨的徒弟，也认识开蒙的师傅。”姨父既是我慈祥可爱的长辈，也是给我授业解惑的恩师……

1959 年的年底，我踏上了去哈尔滨千里投亲的旅途。父亲托了蚌埠铁路分局列车段的一位朋友，将我托付给车上的乘务人员，请他们在漫长的旅途中照顾我。我之前从来没有坐过那么久的火车，一开始免不了“离”乡情更怯。不过，我很快就发现，对于一个初次单独远行的幼童来说，途中的所见所闻，也不乏新鲜感。

上了火车后，车长叔叔就把我交给了一位年轻的乘务员阿姨，并关照她，晚上把这个小朋友安排到后面的宿营车去睡觉，他到天津站才下车，到时候会有人在站台上接他。我把车票交给了阿姨，她让我在她的乘务员休息间里等她，她去车厢里忙完后就回来。

阿姨是上海人，二十来岁，穿着一身略显肥大的蓝色乘务员制服，操着一口上海普通话，十分和蔼可亲。她的极小的列车员休息间在车厢的一头，对面是洗手间。休息间里面只有一个并不太长的长条形座椅，刚好够我们两个人坐。她让我坐在里面靠窗的位置，我的面前有个长方形小茶几，我可以趴在上面看书或在本子上写写画画；另外，上面还可以放搪瓷茶缸等小物品以及零食。这间休息室看起来虽然很小，却十分舒适、安静，不像车厢里那么嘈杂。由于这趟列车是直快，途中停靠的站并不是很多，记得从蚌埠开车后，好像到达徐州之前只停靠过一站。而徐州则是我以前往北方去过的最远一站了——我们一家过去回苗庄老家探亲，就是先坐火车到徐州下车，然后再换乘长途汽车去睢宁的；所以，徐州站的样子对我来说并不陌生。

每到一站之前，阿姨总是要提前去车厢里忙活一阵子，直到火车重新启动，离开车站好长一段时间以后，她才会回到休息间来休息一会儿。此外，她还要出去清扫车厢，给旅客们送开水，有时候还要去车厢里配合查票。总之，她在整个途中不断地进进出出，还是十分忙碌的。

阿姨回来休息的时候，会饶有兴趣地跟我这个小朋友聊聊天。她不在的时候，我则时而看看车窗外的景色，时而翻翻我随身携带的一些书，尤其是其中的一本《中国地图册》，让我熟悉了沿途路过的一些城市地名及其相互之间的地理位置。

阿姨问我去天津干什么，我说，我是去哈尔滨走亲戚，但是要在天津转车。她又问我，你以前去过哈尔滨吗？我答，还从来没有去过。她笑着说，那里厢的冬天交关冷呃！现辰光应该已经是蛮冷的了。

她还嘱咐我，晚上你困了的时候，我就送你去后面的宿营车里睡觉，进了那节车厢一定要轻手轻脚，尽量不要有什么响动，别吵醒了在那里休息的乘务员阿姨和叔叔。等你一觉醒来就到天津站啦！我说，好的。她摸了摸我的头说，你这个小朋友真懂事……

第二天一早，火车就抵达了天津火车站。车长叔叔把我领下了车，在站台上与来接站的伯伯接上了头。这位伯伯是我婕婶的哥哥，婕婶是天津人，她是我婕叔的大学同学，她娘家的人那时大多都还住在天津。这无疑方便了我在天津站的中转。我谢过了车长叔叔，并与乘务员阿姨依依不舍地道别。

天津到哈尔滨的这一段旅程，比前一段更远，似乎也更有意思。天津的伯伯送了我一些在车上吃的零食和水果（我记得有天津大麻花和梨子、糖果等——长大以后再回首那个年月，才体会到这些东西在当时是多么来之不易啊……），把我送上了车，也拜托了车上的列车员阿姨和叔叔在途中多多关照我一下，并说这个小朋友头一次单独出行，到终点站才下车，届时家里会有人来接站的。

上了这趟车之后，负责关照我的列车员叔叔，把我安排在靠车厢一头离洗手间以及他的休息间较近的座位上，大概是比较方便照看我吧。那时的快车都是绿皮车，座位也还是硬木座椅。这趟车上的旅客一般都有座位，只有极少数的人站在走道上，常常斜靠着座椅的外侧；也有人待在车厢两头的车门之间靠近相邻车厢接合部的地方，或站着，或席地而坐。车厢里的旅客们，虽然都是陌路相逢，但似乎很快地就相互热络起来，在一起聊天、打牌、嗑瓜子、抽烟，谈笑声、咳嗽声不绝于耳。因此，整个车厢里弥漫着一股浓厚的人间烟火气儿……

列车员叔叔经常到车厢里来，清扫旅客们丢在地板上的烟屁股和瓜子壳等垃圾，然后用潮湿的拖把将地板擦干净。由于那时还没有瓶装水之类的饮料，旅客们都是自带搪瓷茶缸上车，因此列车员叔叔还要经常提着一把大铁壶，在车厢里来回走动给旅客们续水。

列车接近山海关时，车厢里开始喧嚣躁动起来，透过车窗可以看到远处的大海。听列车上的广播里介绍，山海关又称“天下第一关”，是连接东北与华北的枢纽，也是“关里”与“关外”的分界点。旁边的大人们也在一起兴奋地议论着此地是万里长城的最东端，还有“孟姜女哭长城”的凄美传说……果然，出了山海关，窗外的景色也渐渐地发生了明显的变化，我知道我已经踏上了东北大地！

经过两三天的长途旅行，终于快要到达目的地啦！对于一个从小就喜欢火车的八岁男孩来说，这趟长途旅行，真是让我过足了坐火车的瘾，而且令我终生难忘。按照家中老人们的说法，我是个腿脚很“野”的孩子，从小就只身跑到哈尔滨那么远的地方，初中毕业年仅十四岁的我，又远离家乡去南京求学四年，后来更是越走离家乡越远。对我而言，大概从小时候起，就对远方和未知充满了好奇与向往。我一直觉得，人生的美丽，一如远方的美景，大多时候并不在其目的地，而是在奔赴远方的旅途中……

其实，我终生所从事的专业又何尝不是这样呢？我深深地感到，在科学探索的旅途上，无论其最终的结果如何，科学探索的过程本身，才是最充满刺激和令人愉悦的。我的前辈同行——美国著名古生物学家、演化生物学家乔治·盖洛德·辛普森曾经把我们古生物学家比作是“化石猎人”。他在描述古生物学家的职业乐趣时，特别强调了它的“莫测之感与振奋之情”——他曾这样写道：

> 寻找古生物化石，是所有娱乐活动中最引人入胜的。它也会有危险，但这种危险足以为

之增添刺激与情趣。它与捕捉野物的狩猎活动中可能遭遇的危险或许差不多；不过，寻猎化石中的危险，总是降临在化石猎人的身上。寻猎化石具有莫测之感与振奋之情——它具有赌博的刺激性与成瘾性，却不会像赌博那样使人堕落。在出发之前，化石猎人从来也不会知道他的样品袋里今天会装进什么样的“猎物”，也许空空如也，也许会找到人类眼睛还从未见过的远古生物。找寻化石需要知识、技能与吃苦精神，可它的收获要比其他各类娱乐活动更值得、更重要、更持久。化石猎人并不是屠戮生灵的刽子手，而是起死回生的神医。这项“娱乐活动”，既培养了人们的闲情逸致，又丰富了人类的知识宝库。

# 冰城岁月（一）

下了火车，很快就见到了在站台上来接我的姨叔和姨婶。姨婶把手中带来的大衣马上给我裹了起来，说："哈尔滨太冷啦！别冻着了。"姨叔把我紧紧地搂住，高兴地说："两年不见，德岁这孩子都长这么高了！"

是啊，我们上次见面还是在姨叔的老家李集呢，那是难得的一次我们两家人春节期间在睢宁老家相聚……显然，姨叔和姨婶再次见到我，都很高兴；而我初到一个新地方，也是十分兴奋，一时还没有顾得上想家呢。不过，在出站时，我突然发现，哈尔滨火车站怎么会这么小、这么简陋呀？于是我便问："这就是哈尔滨火车站吗？"

姨婶笑着对姨叔说："德岁果然跟一般的孩子不大一样，小小年纪就很善于观察嘛！"然后，她向我解释说："这确实不是哈尔滨火车站。哈尔滨火车站在城里，是五十多年前由俄国建筑师设计的，十分漂亮、摩登、洋气，但不是很大，现在已无法满足客流量增长的需求，今年早些时候刚刚拆除，现在正在扩建，新扩建的火车站大概要等到明年才能完工。不过，家里有老火车站的照片，等回到家里再找出来给你看！"

哦，原来如此——那这就是临时启用的车站了？我心里琢磨着。然而，我一抬头刚好看到火车站站名的大牌子，白底黑字，赫然写着三个大字：三棵树。我说："这个站名好有意思啊！"

姨婶笑了笑说："其实一些长途列车在哈尔滨的终点站或始发站，以前也一直是在三棵树的。这里远离市中心，有全套的客车保养和检修设备，还有乘务员公寓楼、铁路医院、铁路俱乐部等为乘务人员服务的生活设施，因此成了东北一个重要的铁路枢纽。这里是哈尔滨的郊区，原来是农村（当地叫屯子），因为有三棵大榆树，故被称作三棵树大屯子。三十年代开始在这里修建了火车站，就命名为三棵树火车站，慢慢地三棵树这个地方也变得越来越有名了。”

很有意思的是，几年前我偶然读到作家苏童写的一篇美文《三棵树》，我吃惊地发现他凭空“想象”的三棵树景色与我记忆中的当年所见竟颇为接近，却又明显不同：

> 很多年以前我喜欢在京沪铁路的路基下游荡，一列列火车准时在我的视线里出现，然后绝情地抛下我，向北方疾驰而去。午后一点钟左右，从上海开往三棵树的列车来了，我看着车窗下方的那块白色的旅程标志牌：上海——三棵树，我看着车窗里那些陌生的处于高速运行中的乘客，心中充满嫉妒和忧伤。然后去三棵树的火车消失在铁道的尽头。我开始想象三棵

树的景色：是北方的一个小火车站，火车站前面有许多南方罕见的牲口，黑驴、白马、枣红色的大骡子，有一些围着白羊肚毛巾、脸色黝黑的北方农民蹲在地上，或坐在马车上，还有就是树了，三棵树，是挺立在原野上的三棵树。

三棵树很高很挺拔，我想象过树的绿色冠盖和褐色树干，却没有确定树的名字，所以我不知道三棵树是什么树。

我自小就是在津浦铁路线边上长大的，记得小时候在家里睡觉时，躺在床上也能听到列车呼啸而过的声音以及感觉到床铺的微微震动。苏童上述文字里所流露的他对火车的眷恋和遐想，我在阅读的时候，委实能够感同身受。

但在我的童年记忆中，我们在三棵树火车站出站以后，我确实看到了外面有不少来接人的马车（反正不是马拉的就是骡子拉的两轮大车，我当时似乎还分不清楚骡子与马之间的区别）。赶马车的车夫，并没有“围着白羊肚毛巾”，而是戴着《智取威虎山》中小炉匠戴的那种皮帽子（左右两边的帽耳都是耷拉下来的），手里都持着一根长杆子的鞭子。他们坐在马车的前沿上，身上披着皮大氅，里面穿的棉袄不是系扣子的，而大多是用一根布带子或绳子扎起来的。我也不记得有白马了，只记得有灰色、青色、枣色或栗色的高头大马（或骡子）。我也见到了车站外面有几株高耸挺拔的大树，彼时已入冬，大树只剩下“褐色的树干”，没有“绿色冠盖”。而且这也不是传说中的那三棵大榆树——听姨婶说，它们早已不在了……

我们三人总算挤上了进城的公共汽车，赶回市区南岗的姨叔家。很快公交车就进入市区，我想象中的那个美丽的“冰城”哈尔滨，也渐渐地露出了“真容”——我望着车窗外，口中不禁喃喃自语地赞叹道：“这真是一座漂亮的城市啊！”

姨婶听到后笑了笑，俯身低声地跟我说：“真正漂亮的建筑这一路上还看不到，等改日我们带你出去转转，去中央大街、索菲亚大教堂广场等处逛逛，那里可漂亮啦！”我听后，心里顿时充满了期待。我知道姨婶从小是在天津五大道附近长大的，她说漂亮，那一定是非常漂亮啦……

我注意到了宽阔马路的两侧都铺着小铁轨，便好奇地问姨婶：“这儿的大街上还跑小火车吗？”她笑了笑答道：“那是有轨电车的轨道，等会儿我们说不定就能遇上。哈尔滨从二十年代就开始建造有轨电车，现在的有轨电车还是日据时代遗留下来的，这也算得上是哈尔滨的城市一景呢。”

果然，我们很快就看到了前方对面开过来的方形电车，车顶上还架着两个高高的、十分醒目而且看起来很奇怪的弹簧弓子，其中一个弓子搭在空中的电线上。当我们乘坐的公交车驶过对面开过来的有轨电车时，我还看到了电车里坐在正前方的女司机，并听到有轨电车不时地传出来叮当作响的铃声……我感到很好玩儿，在以前去过的城市（比如蚌埠、南京等）里，我从来都没有见到过这种有轨电车，只见过车顶上竖着两根“长辫子”的无轨电车。

记忆中，那时候哈尔滨市区街道上的车辆以及两旁人行道上的行人都不是很多，后来才知道，那是由于哈尔滨的冬季来得早，也比南方长得多，而且外面特别冷，尤其是在20世纪50年代，比现在可要冷得多了。因此，当地人讲究所谓“猫冬”，即在漫长的冬季，一般没什么重要的事情要办的话，大多都躲在家里不出门。

姨奶奶听到开门声，从她的房间里忙不迭地走出来——像我祖母一样，她也是缠着“三寸金莲”，看似不稳但也走得挺快。她一把将我搂在怀里说：“俺们整天都盼着你来呢！我还一直担心，你一个小人儿，这么远的路程，中途会不会出啥岔子呢。”

姨叔说，娘，您看他这不是好好的吗？姨婶也说，妈，这个小人儿跟其他小朋友可不一样啊！他好似天生地有一股子“眼观六路耳听八方”的机灵劲呢。

姨奶跟祖母长得特别像，除了脸上没有麻点和个子稍高一些之外。虽然她们小时候都随俗裹了脚，但是她俩都是识文断字的。听我父亲说，姨奶奶读过许多古书呢。我看见她的床头就放着书，书桌上也有书，还有一台电子管收音机呢。姨婶对我说，你就跟着姨奶住在这个房间里。姨奶乐呵呵地说，这下子我可有了个焐脚的小火炉啦！

其实，姨叔家住的是机关的公寓楼，红木地板，房间里还有暖气片。从外面进来后，感到室内暖和和的。进门后，姨叔把裹在我身上的大衣取下，挂起来，并说："明天就带你出去买大衣，因为不知道你的身高，没敢提前替你买。"姨婶又领我在家里走了一遍，熟悉家里的环境。这是一套挺宽敞的公寓，除了两间卧室之外，还有一间书房，客厅、厨房和卫生间也一应俱全。跟我安徽家里比起来，简直是天壤之别！

就这样，我正式开始了在"冰城"哈尔滨姨叔家幸福的"寄养"岁月……

# 冰城岁月（二）

给姨奶“焐脚”的头一天晚上就睡得很香。不再有呼啸而过的火车声在睡前为我“催眠”，也不再是坐在坚硬的火车座椅上睡“猫打盹”一般的囫囵觉儿；而是躺在温暖舒适的“席梦思”床上，美美地进入了梦乡——一觉醒来就是第二天上午了。

姨叔和姨婶都上班去了，家里就剩下我们一老一小。姨奶看我醒来，十分开心，她让我先去刷牙洗脸，然后来吃早饭。姨奶给我盛了一小碗苞米碴子粥，摆上一盘小菜以及一盘小馒头和豆包等，她坐在旁边看着我吃，并有一搭没一搭地跟我闲聊着。

“听说今年关里粮食歉收，从东北调去了很多粮食支援内地，俺们这里的粮油和副食品供应也比以前紧张得多，这不也要配给一些粗粮了吗？”姨奶指着我碗里的苞米碴子粥说道。

“不过，吃饱肚子还是没有问题的，而且东北的苞米和高粱米也都是很香的。”她补充道。

我连连点头说：“这粥真香，豆包也特好吃！”

“你姨婶过去是大户人家的千金小姐，在上大学的时候，看上了你的姨叔，被你姨叔给‘拐跑了’，两人一起去了延安。她之前可从来没有过过那种苦日子，后来也慢慢地锻炼出来了……”不知道为什么姨奶会突然提起这个话头，也许她是想让我了解一下家里人的情况吧。

我听后却实在忍不住地笑喷了，并委婉地指出：“我爸以前曾跟我们说过，姨叔当年是一表人才，又是中文系的高才生，人家那是自由恋爱，姨婶娘家人却觉得他们双方门不当户不对，不合适，便强烈地反对和干涉他们在一起。他们那时已在学校里参加了地下组织，于是就随着大批进步青年奔赴革命圣地延安，投身革命去了，人家那不叫‘拐跑了’，姨奶！”

姨奶听了并不生气，也止不住地乐起来，并说道：“是的。不过，事还是那么一回事嘛！怎么你连这个也知道呀？”

我说：“嗯，我爸以前跟我妈说起过，我在旁边听到的。我们都觉得姨叔和姨婶非常了不起呢！”

吃完早饭，姨奶拉我过去给我介绍她的一些书和“玩具”（电子管收音机）。她问我：“听说你已经能背不少诗词了，也读了一些古文，我这里有一些书，你也可以拿去读。”

我说：“是的，其实我也并没有特意去死记硬背，而是读过一两遍就记住了。”

“哦，这叫过目不忘呀，俺家人好像都有这个本事的。我跟你奶奶小时候就喜欢在一起比赛背诵诗词，好像从来也分不出个输赢来——俺们姊妹俩都是过目不忘的！”姨奶不无自豪地笑着说道。

她从书架子上抽出一本《杨万里诗选》递给我，说：“现在离过年也不远了，年前你也不大可能去学校插班上学了，就在家里跟我读读书、听听戏、拉拉呱吧。你姨叔小的时候跟你爷爷学，那你现在就跟我学吧！这叫‘易子而教’，而且是隔代教、隔代亲。诚斋的诗多是白描，富有童趣，我想你会喜欢的。我这里还有个‘话匣子’，我们有时候可以一起听听京戏。我很喜欢马连良和张君秋，话匣子里时常会播他们的戏。你姨叔和姨婶要是有闲空的话，也会教你一些东西的，绝不会比你在学校里学到的东西少。不过，他们工作都很忙，尤其是你姨叔，开会多，出差多。你来了，我们家里也就热闹多了，有老没有小，这个家还是缺少点烟火气的，我在这里也待不长……”

当年我理解不了姨奶说的这番话，而在我垂垂老矣之时，回想起来却深有感触，看来她老人家那时也不全是在“对牛弹琴”！无论怎么说，在接下来的两年里，姨奶有我在她身边承欢膝下，也是一件令她感到十分欣慰的事，而我在这个家庭里则收获了满满的爱，并学到了很多很多东西。尤其是在哈尔滨这座独特的、具有浓厚文化艺术氛围的城市里，有机会开阔了眼界，令我其后的一生受益无穷。

那天吃完晚饭，姨叔便把我领进书房，拿出一本书给我看，说："你也应该读一些关于革命斗争的小说了，这是我们齐齐哈尔的一位作家写的，或许你会喜欢。"我接过来一看，是《林海雪原》，扉页上还有作者曲波的题字和签名。姨叔还说："虽说京剧是我们的国粹，但是你也需要接触一些其他形式的音乐（尤其是西方古典音乐），免得孤陋寡闻。世界上好的、美的东西很多，我们要尽量争取能够对它们略知一二吧……"

然后，他打开书橱下面的门，里面整齐地排列着他收藏的黑胶唱片。他向我介绍说："这些绝大多数都是西方古典音乐唱片，还有一些你姨婶的苏联流行歌曲和俄罗斯民歌唱片，也有一小部分是京剧唱片。我们听唱片的时候，也欢迎你一起来听。以后有机会的话，我们再带你一起去听现场的音乐会。我知道，你爸爸已带你到各地剧院赶过场，听过不少的戏，但古典音乐会很不一样，不能像戏园子里那样随时随便地喝彩或鼓掌，得等到一个乐章演奏结束时才可以。”（顺便提第一句，这是我第一次看到个人的唱片收藏，我后来也收集了很多唱片，如今我楼下书房的“音乐图书馆”里还有四千多张CD呢。）

这时候，姨婶也走进书房来，她笑着问：“你们爷俩在聊啥呢？——哦，是给德岁介绍你的宝贝呢！德岁，你喜欢唱歌吗？”

“喜欢，但唱得不好。”

“喜欢就好！唱得好不好是相对的，也不是特别重要。我们来听一首《莫斯科郊外的夜晚》吧！”

姨叔把一张唱片从纸袋子（封套）里取出来，小心翼翼地放到留声机上播放。姨婶和姨叔也都跟着唱，歌词还是俄语的，我虽然听不懂，但觉得非常好听。我告诉姨婶：“其实，我以前在收音机里曾经听过这首歌的中文版，似乎远没有这张原版的有味道。”她笑着点了点头，并转过去跟姨叔说：“哈拉硕（俄语：好），我们家来了一个小人精呢！”姨叔听罢，点头哈哈大笑……

星期天休息，姨叔和姨婶带我出去置办冬天的“行头”：我第一次穿上了羊皮大衣，戴上了皮帽子、皮手套，脚上还穿上了长筒皮靴——哈尔滨的皮货可真多！然后，他们带我去马迭尔饭店“打牙祭”——这是我第一次学着用刀叉吃西餐，第一次吃大列巴（俄式面包）、里道斯红肠、小罐焖黄牛肉、红菜汤（上海人又称作“罗宋汤”），第一次喝格瓦斯汽水，也是第一次吃巧克力蛋糕……

现在回想起来，我当年是何等幸运啊，曾有过如此疼爱我的一家亲人，他们使我有机会体验到了许多我人生中的“第一次”。在其后两年多的时间里，我还第一次看了彩色宽银幕电影，第一次听了苏联钢琴家和小提琴家的个人演奏音乐会，第一次观看了苏联歌舞团的访问演出，第一次听了“哈尔滨之夏”的多场音乐会（并且近距离地听了张权、郭颂等著名歌唱家的演唱），第一次观看了广西歌舞团的歌剧《刘三姐》演出，第一次在美术馆里参观了画展，第一次学会了打乒乓球（并成了我后来一生中的体育运动强项，直到上南京大学期间，我都曾是校乒乓球队的运动员，尽管有时候只是一名“板凳队员”），第一次有幸观看了包括世界冠军庄则栋以及女乒乓国手韩玉珍等在内的运动健将们的表演赛……

像初恋一样，人生所经历的每个“第一次”，总是令人刻骨铭心、难以忘怀的，也必然会对塑造一个人的品位和见识、兴趣与爱好产生至关重要的深远影响，或许当事者在当时并不能够体会到这一点。这就像地球生物演化史上的许多“第一次”革新一样，比如，“寒武纪生命大爆发”，脊椎动物的第一次登陆，恐龙第一次飞上蓝天，人类第一次“走出非洲”……这些“第一次”，都曾深刻地影响了其后生命演化的进程，包括有了我们“智人”这一物种的今天。这大概也就是老子《道德经》里所说的“道生一，一生二，二生三，三生万物”吧……

姨叔把一张唱片从纸袋子（封套）里取出来，小心翼翼地放到留声机上播放。姨婶和姨叔也都跟着唱，歌词还是俄语的，我虽然听不懂，但觉得非常好听。

# 冰城岁月（三）

哈尔滨的冬季，天黑得尤其早。1959年底的一天傍晚，外面的天空早已是漆黑一片了，像往常一样，姨婶下班先回到了家，晚饭也准备好了，我们三个就坐等姨叔下班回来一起吃晚饭。最近一段时间，姨叔的工作似乎特别忙，他几乎每天下班都很晚。

那天晚上回来后，姨叔显得十分高兴，他兴奋地告诉我们：过两天我们全家要一起出去看场电影，而且是彩色宽银幕电影！我之前在安徽的时候，只看过在小电影院里（或露天广场上）放映的普通黑白电影，因而，对彩色宽银幕电影，脑子里还没有形成任何概念。当然，那时也无法理解为什么姨叔和姨婶会那么兴奋。

听姨叔跟姨婶聊天才明白，原来哈尔滨刚刚建成了第一座宽银幕电影院——哈尔滨电影院，并即将举行落成开幕仪式，这座电影院的建设也凝聚着姨叔的心血，我们一家要去看的这场电影正是哈尔滨电影院的开业首映。我记得他们还谈到，中国最早的一家电影院也是在哈尔滨建成的，比上海出现电影院的时间还要早呢。

那天哈尔滨电影院的外面人头攒动，很多人都在外面的寒风中苦等开票，那真叫一票难求啊。我后来发现，在哈尔滨无论是什么音乐会或文艺演出，票都是非常抢手的。这座城市堪称是音乐之城、文艺之都，那里爱好音乐和文艺的人实在是太多了……

等我们进入电影院，我才发现这家电影院真是又大又漂亮，前面舞台上的电影银幕真是又大又宽啊！电影开映前，还举行了简短的开幕仪式，有首长讲话等，总之是非常隆重的。据姨叔说，这个电影院有一千多个座位，在那个年代已经算是相当大的电影院了。记得那天放映了两部彩色宽银幕影片，第一部是国产片《老兵新传》，第二部是中苏合拍的《风从东方来》。

这两部电影都是在东北拍摄的，也都是在讲发生在东北的事儿。《老兵新传》是反映东北解放初期，转业军人到北大荒去垦荒种地、开办农场的故事，带有那个时代的鲜明特色，里面的演员有好几个是后来我非常喜欢的著名电影演员，比如，崔嵬（不仅是好演员，而且后来还导演过《青春之歌》等影片）、仲星火（后来在电影《李双双》里担任男主角）、陈述（后来在《渡江侦察记》里扮演敌军情报处长）。

《老兵新传》里的小冬子也让我记忆深刻，这部电影关键是让我见识到了北大荒自然资源的丰富，以及东北黑土地的肥沃，真是"棒打狍子瓢舀鱼，野鸡飞到饭锅里"，撒下一片种子就能够变成粮仓啊……同时，也让小小年纪的我，看到了前辈们艰苦奋斗、白手创业的艰辛以及他们的无私奉献和革命乐观主义精神。

《风从东方来》是讲述当年苏联专家帮助保护东北一座水电站免受洪水破坏的故事，不仅反映了解放初期人们在社会主义建设中的沸腾生活，而且讴歌了当年中苏两国人民之间的亲密友谊。这是一部崭新的影片，当天在哈尔滨首映。有意思的是，那天放映的两部影片里崔嵬都出镜了：在《老兵新传》里，他扮演男主角（转业军人战长河）；在《风从东方来》中，他则饰演了市委书记。

在电影院里，我能明显地感觉到，观众（包括我姨叔和姨婶在内）更喜欢第二部影片《风从东方来》，因为里面有好几位苏联电影明星，而且对话中既有中文也夹杂有俄语。当年，哈尔滨懂俄语的人很多，这座城市曾被称作“东方的莫斯科”——自开埠以来，俄罗斯及苏联的文化、艺术、音乐、建筑风格、生活方式等各个方面，对哈尔滨的影响一直都非常大。

那天晚上，姨叔和姨婶的话题几乎都是围绕着电影的。新中国成立后的整个五十年代基本上是中苏关系的蜜月期，连我这个在关内长大的孩子都知道“苏联老大哥”、我们要向老大哥学习，等等。《风从东方来》显然是反映那一时代精神的，这在东北地区尤其是哈尔滨更为显著，因为当年苏联的许多援华项目都是落地在年轻共和国的工业基地东北地区的。在哈尔滨居住的苏联专家，比其他地方更多。我记得姨叔诡秘地对姨婶说：“你的那么多列宁装和布拉吉要加紧穿啦！”那时候，姨婶上班都是穿那种双排扣、大翻领的“列宁装”，衣橱里挂了不少夏天穿的布拉吉（即当年十分流行的苏联大花布连衣裙）。

现在回想起来，才体会到姨叔当年那句话的弦外之音：他们俩是党内高级干部，当然已经提前知道了中苏关系正在发生的微妙变化。果然，半年以后——从第二年（1960）的下半年开始，中苏两党、两国之间关系的恶化和最终破裂，便日渐公开化了……可以说，我小小的年纪当年恰好身处哈尔滨这个特殊的地方，得以亲历了这一重大历史事件的发生过程，并深切地感受到了它其后对人们生活的深刻影响。

1960年元月底，是我在哈尔滨过的第一个春节。那年的冬天很冷，哈尔滨的冬天真是冰天雪地啊。我虽然很少出门，但偶尔出去，看到大家浑身都捂得严严实实的，街上的汽车很少，连大卡车的轮胎上都缠着防滑的铁链子，搞得好像拖拉机和坦克的履带一样。

自打到了哈尔滨之后，我便学会了写信，并经常给我父母亲写信。他们回信也称赞我写信的进步很快，夸我一封比一封写得好，并且很擅长描述日常生活，哪怕是一件件小事都叙述得很生动。他们让我好好地听长辈们的话，千万不要惹姨奶或姨叔、姨婶生气。我回信告诉他们：他们可喜欢我、疼爱我啦！过完年开学，我就要去南岗小学上学啦……

其实，在上学这件事上，远非像我上面轻描淡写的那样简单，实际上还是颇费了一番周折的。首先，我只是在当地派出所报了个临时户口——由于不是正式的领养（或过继），我在哈尔滨并没有正式的常住户口。20世纪50年代是战后的生育高峰期，哈尔滨又是快速发展、人口增长迅速的城市，学校校舍与师资力量根本无法满足适龄儿童的就学需求。因此，当时南岗小学的学生分为上午、下午两班制上学，即一半学生分在上午班，另一半学生则分在下午班：上午班早起上学，中午放学；下午班则中午上学，下午放学较晚。学校只好采取这种办法来缓解学区内适龄儿童上学难的问题。据说还有一些城里的娃儿，得去离家较远的郊区上学。

此外，我的生日是二月初，1960年春季学期开学时我刚满九岁，按照正常入学年龄算的话，我应该上二年级；然而，由于我提前两年上学，在来哈尔滨之前，我在安徽老家已经快读完了四年级的上学期，照这样算的话，我应该插班到四年级，把下学期读完，到了秋天升五年级。不过，由于我是从外省来的，两省的教学大纲也很不一样，学校需要对我进行摸底测验后，才能决定到底应该让我上几年级。总之，这让学校方面十分为难。

其实，这种情形令我姨叔和姨婶也很为难。因为他们都是领导干部（姨婶恰好又在哈市教育系统的管理部门工作），他们担心会给学校领导带来比较大的思想负担，更不想造成领导干部搞特殊化的不良影响。我姨奶听了这种情况之后，十分干脆地说："那就让德岁留在家里我们自己教吧！"姨婶说："妈，现在的学校教育不像过去的私塾，除了文化课之外，还有体育、美术、音乐等课程，自家是教不了的。更重要的是，尽管德岁看起来少年老成，但他毕竟还是个孩子，他需要跟同龄人一起玩，身心才能健康地成长，不能整天只围着我们家里的几个大人身边转啊……"

姨叔听了，点头称是，姨奶听后也觉得不无道理。最后，大家一致认为：还是应该让我去学校里接受测验，然后由学校根据实际情况决定。

姨婶特地抽出半天时间来带我去学校“面试”，南岗小学离我们住的地方很近，我们按约定时间到达学校的时候，看到校长已经在传达室里等我们了。她把我们领进去，一路上向我们介绍，这所学校已有三十多年的历史，校园很漂亮，师资力量也很强，算是哈市最好的小学之一。然后，她把我们领进一间办公室，里面坐着一位男的和两位女的教师模样的人。校长向他们三位交代：“这位小朋友就是苗德岁同学，你们先摸底测试一下他，我们到隔壁坐坐，等你们差不多了，就通知我一声。”

校长和姨婶走后，坐在中间的年纪稍大一些的女老师对我说：“小朋友，你别紧张。今天不是什么考试，而是检测一下你的学习情况。我们分两部分：先进行笔试，包括语文、算术、常识三个方面，然后我们就随便聊聊。笔试部分，能回答的问题就尽量回答，不会的也没有关系。好不好？”我说：“好呀，没问题。”坐在左边的男老师给我拿来三大张纸的“试卷”和一支带橡皮头的铅笔，说：“你可以开始了，有问题的话，你尽管提出来。”

我匆匆地看了一遍三张“试卷”，一张是语文题（填空、纠错、造句、成语解释等），一张是算术题（大多是简单的四则运算问题），另一张是有关自然、地理、历史的常识题。我觉得这些东西实在是太简单啦！但我还是很认真又很迅速地一张一张地做完了全部考题，交了上去。我从三位老师的面部表情上判断，他们看了我的答卷之后，似乎颇有些吃惊。

坐在中间的那位老师笑着问我，这些都是你在关内学校里学的吗？我说，大部分是，也有一些东西是我以前自学的。坐在右边的年轻女老师问我，你喜欢音乐吗？我答，很喜欢，而且特别喜欢京剧。她又问，学过什么乐器吗？我说，跟爸爸学过拉胡琴，尤其是京胡。

“你照着谱子拉吗？”

“是，用的是简谱。我不认识‘黄豆芽’谱子（即五线谱）。”

三位老师都乐了，我却有点不好意思了……

然后，中间主持的那位老师就离开了。不一会儿，她领着校长和姨婶又走进来了。校长拍拍我的脑袋，笑着说：“你有一颗聪明的小脑瓜！”大家顿时都笑了，搞得我感到一种莫名其妙的尴尬。

姨婶说：“谢谢大家！我们先回去等候学校的通知。”我向各位老师鞠躬道别，然后就随姨婶走回家了。路上，姨婶拉着我的手，貌似明知故问地问我：“你自我感觉考得如何呀？”

“还行吧？我觉得都蛮简单的。”

姨婶突然转过身来向我做了个鬼脸，说：“呵呵，你还真像李家的人哪！”

# 冰城岁月（四）

我和姨婶回到家之后，姨奶就急切地问："咱们德岁去'赶考'，考得怎么样啊？"姨婶笑着答道："那肯定是替咱们李家长脸呗！"

"那学校收他了？"

"还不知道，咱等学校通知吧。"

姨奶将我一把拉到怀里，说道："你这要是一上学，又把我一个孤老婆子撂在家里了……"

"这里的学校只上半天学，等您午睡起来后，过不了多久，我也就放学回来了！"我安慰她说。

书房里的电话铃响了，姨婶跑了进去接电话。姨奶问我："今天学校里的摸底考试难不难呀？"

我说："不难！都是一些很简单的问题。不过，估计这里的教材跟我们安徽的教材还是有些不同吧？比如，《掩耳盗铃》这篇课文我以前在安徽没有学过，但这个成语故事我是早就读过了的。”

姨婶接完电话从书房里满脸笑容地回到客厅里来，并问道：“你们在聊什么哪？”

“姨奶问我下午摸底考试的事儿。”

“你们猜刚才是谁来的电话？”

“南岗小学校长打来的吧？”我抢先回答了。

“小人精！”姨婶笑着说。

“怎么样？人家收咱们了吧？”姨奶急切地问道。

“情况有点复杂，等他姨叔下班回来后，咱们再一起讨论吧！”姨婶笑着说。

显然，姨婶这是在“卖关子”……不过，她还是忍不住地对着姨奶说：“妈，咱们忘记让咱家的这个小书生在测验时留那么一小手了——人家学校里现在觉得他好像没有什么必要再继续读小学了。看来姨弟他们两口子未免太有点‘拔苗助长’了……”

姨叔下班回到家，看到我们老少三辈其乐融融的样子，也很开心，他一边放下公文包、脱去大衣，一边问：“是不是俺家的小秀才有学可上了？”

“That is the question！”姨婶笑着用洋文答道。

姨奶问：“说啥呢？”

我摇摇头……

“这才是问题！”姨婶把那句话给我们俩翻译了过来，并旋即哈哈大笑。

“太好啦！”姨叔听罢拍手称道。

姨婶总算是开始从头至尾地和盘托出下午她与校长的通话内容了：

“根据三位测试老师的意见，说咱家的这个孩子早慧，基础扎实，尤其是语文、算术以及历史、地理等方面的常识，已经超出了小学高年级的水平了。因此，他们认为把他放在高年级的任何一个班无疑都没有什么问题。但考虑到他的年龄，他在安徽的级次已经高于同龄儿童两年了，不宜再跳到更高的年级。”

校长也同意三位老师的意见，并向姨婶介绍了学校里的情况："越是低年级，班里的学生越多，均已达到了'超员'的状态。幸好你们家的小朋友已经上到了四年级，否则我们真是爱莫能助了。作为校长，我个人希望你们越往高年级选，对我们的工作越有利……不过，参加测试的郭老师（坐在中间主持的那位女老师）特别喜欢你们家的小朋友，她是四（2）班的班主任，她说如果你们选择继续上四年级的话，她希望能将你们家的小朋友分到她的那个班里去。"

姨婶向我们介绍完毕通话内容后，笑着对姨叔说："看来校长抛给我们的这个选择题是自带答案的！"

就这样，我便有幸顺利地进入了郭老师的四（2）班。后来我才知道，原来郭老师还是哈尔滨市有名的特级教师呢。现在回想起来，这也是我提前两年当"伴读生"所带来的第一次重大好运……

尽管我并不是第一次上学，但开学那天，家里还是搞得挺隆重的。（大概是因为这个家里第一次送孩子去上学吧?）四（2）班是下午班，那天上午，姨奶就把我浑身上下都收拾得停停当当的，我穿在毛衣里面的白衬衫上，还系上了从老家带来的红领巾。之前，姨婶也已经联系好了公寓楼里邻居家同在南岗小学上“下午班”的几位小朋友，请他们叫上我一道结伴去上学，放学也一起走回来——那个年代在通常情况下，几乎没有家长会专门接送小朋友上下学的。

在其后的两年里，我在这所漂亮的小学校里，结识了许多可爱可敬的老师们以及天真活泼、多才多艺的小朋友们，使我的外部世界扩大了很多、学习的内容也丰富了许多。我就像原本待在井底的一只小青蛙，突然跃入了一个生机勃勃、生态环境丰富多彩的大池塘。其间，我努力调整自身试图尽快地融入新环境的过程，也像一个外来的生物物种竭力适应新的生态环境一样，充满了机遇和挑战……

姨婶曾较早地注意到了我有比较敏锐的观察能力，能够注意到一些看起来很不起眼的细节。记得有一次她开玩笑地跟姨叔说："德岁若是早生二十年的话，很可能是一块给我们当小交通员的好料子。"

回想起来，我刚进四（2）班的一段时间里，感到十分孤独——对一个八九岁的小孩来说，不能合群其实是件很糟糕的事情。并没有任何同学欺负过我，只是我自己一时不能融入他们的圈子。不像我"伴读"的时候，男孩子们不带我玩，还有姐姐们带着我玩。孤立感是一个孩子会觉得相当痛苦的事情，尽管常常是被无限放大了的。

我很快意识到了其中的多重原因，便努力一个个地去改变以适应它们。

首先，我是外来的插班生，本身就是"人生地不熟"；而班上的其他同学原本就是同学、朋友。这一点我似乎无法改变，但可以设法弥补——一个个地主动去跟人家"套近乎"、交朋友。

其次，我刚来哈尔滨不久，还有很浓重的外地口音。这个也是我无法一时改变的因素，但我会努力地学习本地方言，尽快变成一个"本地人"——而且我自觉我学习语言的能力还是比较强的。

再次，我的年龄小，个头比起同龄的东北孩子来说，本来就偏瘦小，两者叠加起来，我愈发显得比同班的男同学们瘦小得多——人家根本不拿我"当碟儿菜"。这个我更无法改变，只好力图在其他方面让人家"刮目相看"才行。这个我心里倒是有点信心的。

最后，根据自己的观察与分析，我认为上述三点因素都属于"先天不足"；然后，我又力图去挖掘其他"人为可控"的因素。很快我就注意到一点：我的穿着可能略显"怪异"、不入时，或者说是有点"脱离群众"。尽管哈尔滨的冬天和初春都很冷，但只要外面不下大雪的话，小朋友们课间休息还是喜欢冲到外面去玩。男孩子们十分喜欢聚在一起堆雪人、打雪仗，我当然也希望加入其中。但我发现：别人脚上都穿的是一种改良的"乌拉鞋"，而我则穿着那双"高档"的长筒皮靴——这本身就不合群了！别的同学和我自己都怕把我的皮靴搞"埋汰"

（东北话：脏）了，自然玩起来就有点束手束脚。

改良的“乌拉鞋”当年在东北很流行，大人小孩冬天大多都穿这种鞋子。它是一种由防水的橡胶底和厚帆布面的鞋帮（里面装有棉花）做成的，类似高帮球鞋一样的胶皮底棉鞋，鞋内一般塞上乌拉草，故得其名。俗话说，“东北三件宝，人参貂皮乌拉草”。乌拉草是一种多年生的丛生草本植物，大片地生长在江河湖畔的沼泽地带上。秋季变枯黄以后，人们便将其收割下来，在太阳底下晒干，并用木棒槌在木板上将其捶烂。捶烂后的乌拉草变得松松的、软软的，然后垫在棉鞋里。乌拉草虽然没有棉花结实，却比棉花暖和，也比棉花便宜得多。

放学回家后，我就跟姨奶和姨婶说：“我也要买双乌拉鞋，要跟别的同学们一样。”姨婶说：“当时还真没有想到！幸亏你注意到了，明天我就去给你买。”为此，姨婶还在姨叔面前又夸了我一番，说：“咱们家的这个小人精还真的不简单呢，小小年纪就明白了不能脱离群众的道理……”

由于我的努力，我很快地学会了东北话（也给我后来的普通话打下了基础），跟班里的同学们交上了朋友，并以优异的成绩和乐于帮助其他同学而让大家“刮目相看”，使我很快地被同学们接受。尤其是在我学会了打乒乓球、球技迅速提高之后，我在学校里很快有了一帮很铁的球友，并使大家都对我刮目相看，不再小瞧我这个“关里来的小不点儿”……

# 冰城岁月（五）

东北人大多性格外向，活泼开朗、豪爽幽默，且能歌善舞。哈尔滨人更是如此，但哈尔滨又不同于东北其他地方，这座城市是独特的，而且十分“洋气”：她具有深厚的音乐与文艺底蕴，受俄罗斯以及一些欧陆国家的古典音乐传统影响很大。全市有多处音乐厅，西方交响乐不绝于耳。音乐公园与街头巷尾，到处歌声悠扬，尤其是中央大街一带，曼妙的音乐声几乎无处不在。因而，中国不少优秀的歌唱家和音乐人，都出自哈尔滨及其周边地区，也是自然而然的。此外，哈尔滨的体育事业也十分繁荣，而文体方面的繁盛，都源自深厚的群众基础。这一点，我在哈尔滨读小学期间是深有体会的。

首先，学校非常重视文艺与体育活动，相关的设施和器材一应俱全，不像我原来家乡的小学，条件较差，上学主要是学习文化课——这也很自然地造就了一代又一代现今所谓的“小镇做题家”。跟我的家乡小镇上的学校不同，我在南岗上学后很快就发现，那些有才艺的孩子，才是同学们所喜爱和羡慕的对象——光是文化课成绩好的话，往往可能被小伙伴们视为“书呆子”。

其次，这里的音乐、美术和体育等科目的老师都很专业，大多也很年轻。如此强大的“音、美、体”师资力量，现在想想即便在国内其他大城市的小学校里，恐怕也并不常见——哈尔滨在这方面确实是人才济济。

由于我原来的文化课基础就不错，于是我暗下决心：要在其他方面努力学习，迎头赶上！尽管在这些方面我自觉并没有什么特殊的才华，然而我的耳朵好（辨音能力较强）、模仿能力也不差，打小就喜欢拉琴、学戏，所以学唱歌自是不难。

我回家后便跟姨婶汇报了我的想法，她表示非常支持我。她说，我来教你弹钢琴、学唱歌怎么样？我说，好呀！姨婶说她从小在家就学弹钢琴，虽然参加革命以后，极少有机会再弹琴了。但新中国成立后刚到哈尔滨时，看到满大街都是些离哈的外国侨民在卖钢琴，简直便宜得像是卖大白菜的价钱，她还是忍不住地买下了一台挺好的直立式钢琴，放在家里也不占地儿。“这不就放在书房里，我也一直很少有时间去碰它，赶明儿我去请个调琴师来调一调音。我可以在上面教你读五线谱等基础乐理知识，再教你弹几首简单的曲子，我自己也顺便练练手……”

没想到我学习读五线谱会那么快，而且在琴键上教，也很容易理解。原本认为高深莫测的“黄豆芽”，竟是“小菜一碟儿”！这令我喜出望外，并增强了我学习的兴趣和信心。不过，姨婶还是适时地给我泼了一点“冷水”，她说：“学钢琴，入门容易提高难，你先别高兴得太早。我小时候学《小星星变奏曲》，一开始觉得还行，越弹越觉得不容易，真是‘看似寻常最奇崛’啊……当然，你若是真的想学琴，我得给你请一个家庭教师才行，我是教不了的！好在哈尔滨学琴和教琴的人都很多，这不是个问题。”

我终究没有在学琴的路上走得很远，那时候我最想学的而且花时间最多的，还是打乒乓球；而在音乐方面，我则更喜欢唱歌，并积极参加了学校里的合唱团。这也是不无原因的：参加我入学前摸底测试的那位年轻女老师，不仅是我们班的音乐老师，而且是合唱团的指挥和声乐教练。她一开始就很喜欢我，并让我加入了合唱团。我在家里也跟姨叔和姨婶学唱了很多首当时十分流行的苏联歌曲，比如，《三套车》《喀秋莎》《白桦林》《山楂树》等。姨婶小时候在天津的家里，她母亲是信基督教的，她会唱一些英文的圣诞节歌曲，也教了我好几首。由于我的努力，在学校合唱团里，我还被选择担任过男声领唱。

20世纪五六十年代，中国乒乓球运动员们在国际比赛中从崭露头角到所向披靡，使这项体育运动在国内（尤其是青少年当中）掀起了一股热潮，并迅速得到普及，被称为“国球”是毫不夸张的。哈尔滨也不例外，还出了一位著名的女国手韩玉珍。因此，在当年哈市的中小学里，乒乓球运动开展得轰轰烈烈。我在这个时候也开始学习打乒乓球，用“入迷”来形容，一点也不为过。

最开始我是看姨叔和姨婶打乒乓球而喜欢上它的，上学以后在体育课上老师也教；不过，班上很多同学早已会打了，有的同学还打得挺好。这种情况下，想找一个球技差不多的在一起打球还是挺不容易的。尤其是课外活动时，由于孩子多，球台少，能够得到机会上台打球，竞争是十分激烈的。这种时候，一般采取的是“淘汰制”（又称“擂台制”），“王者”（球技好的孩子）“坐庄”（占擂台），像我这样的初学者（“臭球篓子”）得站在下面排队轮流上，开局的第一球如果你能赢了“庄家”（即擂台“台主”），才能取得打完一局的资格（故这第一球又称作“资格球”），否则立即败下阵去，再重新排队等下一轮的机会再战。说实话，这种“赢者通吃”的玩法，对新手是极为不利的（至少是非常不友好的），不过我想这可能也是很不公平的“无奈之举”。

我回家跟姨叔和姨婶吐槽在学校里的遭遇，姨叔对我说：“生活中不如意的事情会经常发生的，很多时候也不是能够轻易改变的，我们只有学会去正确地对待或努力去适应它才行。”姨婶则安慰我说：“这没啥大不了的，咱们在家好好地练，尽快提升自己的球技，争取早日当上‘庄家’就是了！我们多带你出去练球，赶明儿到了周末，我带你去少年宫观摩观摩那些厉害的小朋友练球，再请个教练教上你几招……”

显然，在孩子这里似乎是“天大”的事儿，到了大人那里就不是什么事啦！听了姨叔和姨婶的一番话，顿时让我开心了许多。他们果然没有食言，之后经常抽时间带我出去打乒乓球。姨婶还通过朋友找到了少年宫的人，安排我们去少年宫看球，那里的李指导（教练）还教了我怎样发让对手容易误判的“上旋、下旋以及侧旋的转球”与“不转球”，并纠正了我握板的方法以及抽球的动作……经过一段时间的苦练，我的球技很快有了明显的提高。

西方有个谚语：“快乐时光，一晃而过”（Time flies when you’re having fun），一转眼春季学期就结束了，我在南岗小学的第一学期顺利、快乐且收获满满——不能不说小孩子的适应性是很强的。

那年暑假有两件事让我终生难忘：一是我第一次跟姨叔和姨婶到音乐厅去听室内乐音乐会，三位艺术家据说都是苏联的功勋表演艺术家，两位是女的（一位是独奏的钢琴家，另一位是独奏的小提琴家），一位是男的（给小提琴家伴奏的钢琴家）。我当时还听不懂，因此演奏曲目与演奏家的名字都不记得了。但对我来说，那是头一次听现场音乐会，台上台下大家都穿得衣冠楚楚的，是我以前从未见过的、非常正式的场合，显得十分典雅庄重，令人难忘。第二件事是，那年的八月松花江发洪水，城里的许多街道都被越过江堤漫进来的大水淹没了，全市军民都在夜以继日地抗洪救灾。那些日子里，姨叔和姨婶他们都非常忙……

由于八月份全市抗洪，原本打算趁我放暑假全家出去转一转的计划，也随着那场大洪水的来袭而“泡汤”了。秋季开学后，我以各门功课全优的成绩顺利地升入五年级，上学期结束时还被班里评为“三好学生”，姨叔一家人自是十分高兴。慢慢地，班里的同学们也不再拿我当外地人和小不点儿了，我在班里班外都交了许多朋友。那年秋天，我记忆比较深的两件事是先后在工人文化宫观看的两场演出：头一场是苏联歌舞团访哈演出，他们表演的哈萨克舞和鞑靼人之舞等民族歌舞，非常精彩。由于我那时候在学校里参加合唱团，所以我对他们表演的歌剧《伊戈尔王子》里的《波罗维茨舞曲》大合唱，印象极为深刻。第二场是其后不久广西歌舞团来哈演出的歌剧《刘三姐》，后来这部歌剧还拍成了彩色电影，一度风靡全国。里面的许多歌曲，我至今还会唱呢！我得以观看他们的现场演出，无疑是我童年的美好记忆之一。

记忆中，1961 年的春节来得特别晚。一般说来，我的阳历生日大多是在农历春节之前；而这一年，在我过完生日好多天以后，才迎来春节，这给我留下的印象比较深。另一方面是自那年的春节后开始，接下来的好几个月时间里，姨叔的工作都特别忙。他下班回到家之后，也经常接到谈工作的电话。后来我才知道，姨叔那时正在参与组织和领导一个大型的城市音乐节——首届“哈尔滨之夏”音乐节。

1960 年，上海举办了首届“上海之春”音乐节（这一名称可能也是受到了捷克“布拉格之春”的启发）。哈尔滨具有更为广泛的群众文艺活动基础，且早在 1958 年就曾举办过全市规模的文化艺术月活动，因而，此时举办“哈尔滨之夏”音乐节可谓是应运而生、水到渠成的事儿。

不过，当时正值“三年经济困难时期”，组织如此大的文艺演出，还是需要很大的魄力与众多资源的。之所以定为夏季举行，主要考虑到北国春寒料峭，夏天可以利用市内一些较大的露天剧场与舞台，以容纳更多的观众。

其实，那年的整个四五月间，我个人更为关注的还是在北京举行的第26届世界乒乓球锦标赛。当年还没有电视实况转播，只能守着收音机收听比赛的战况，图像资料主要依靠姨婶带回来的各种报纸上的图片。我当时把它们以及相关的文字报道剪下来，贴在大笔记本上，做成了“剪报”珍藏起来。因此，我对整个比赛的信息，还是了如指掌的。过段时间，还可以看到比赛的新闻纪录片。总之，那时候，我对乒乓球非常非常着迷……在那一届的世锦赛上，中国乒乓球代表团首次荣获男子团体冠军，庄则栋与邱钟慧分别获得男单、女单世界冠军。这在当年曾是令全国人民非常振奋的事情。

“哈尔滨之夏”音乐节于七月初在哈市青年宫正

式开幕，前后十多天里，举行了很多场精彩的演出。我与姨叔和姨婶一起听了著名花腔女高音歌唱家张权演唱的歌剧《茶花女》里的咏叹调、黑龙江歌唱家郭颂演唱的东北民歌《新货郎》等歌曲。还有一位女高音歌唱家的名字我不记得了，她演唱的《蝶恋花》《信天游唱给毛主席听》也很棒。另外一些男声合唱和器乐节目的专业水平都非常高。这次音乐节真是一场宏大的音乐盛会，展示了哈尔滨市专业与业余文艺团体多样而精湛的技艺。另外，哈铁文化宫露天剧场的贝壳舞台，也给我留下了十分美好的印象。

“哈夏”刚结束不久，我又有幸观看了我人生中的第一场芭蕾舞演出，那是北京舞蹈学校芭蕾舞团来哈演出的《天鹅湖》。我记得最好笑的一件事是，开幕后我看了一会儿，终于忍不住了，低声偷偷地问坐在我身边的姨婶：“这些人怎么也不害羞呀？连裤子也不穿……”姨婶也忍不住低声乐了，轻轻地告诉我：“人家小天鹅们穿了紧身的肉色连裤袜，王子穿的是白色连裤袜。跳芭蕾舞是不兴穿我们平常穿的大裤管裤子的。”

1961年的暑假到了，我们全家去了小兴安岭地区度了几天假，借机让我们老小（姨奶与我）出去看看东北的大森林。我们坐火车去了佳木斯和伊春——黑龙江省东北部离哈尔滨并不太远的两座小城。出了伊春城，便是一望无际的、尚未开发的原始林区，大片的红松林，蔚为壮观，染得“青山如黛”。那个时候尚无人类的污染，抬头便是蓝天白云，空气十分清新；低头就能看到路旁的小涧清澈见底，可谓“绿水碧如蓝”。加之满山的野花和林间的鸟鸣，让我们这些在城市里待久了的人感到心旷神怡，重新回归大自然的怀抱，令人流连忘返……

秋季开学我上六年级了，我被同学们选为学习委员。文化课依然是我的强项，合唱团的活动我还是积极地参加。原来在乒乓台前“坐庄”的小朋友，很多人已经不再是我的对手了；而我对新手总

年后不久的一天，姨叔和姨婶上班去了，只有姨奶跟我在家，我们在一起读诗。其中读到了一首薛道衡的五言绝句：《人日思归》，她问我懂不懂。“入春才七日，离家已两年。人归落雁后，思发在花前。”我答：“似懂非懂吧，不过，好像是在说我呢！”

是会手下留点情，因为我忘不了自己当年的“悲惨经历”。日子一天天地过得很快，我也慢慢地长大了——大年三十竟是我的十一周岁生日，第二天就是1962年的春节，也是我在哈尔滨过的最后一个农历年……

我在哈尔滨生活的两年多，无疑是我童年生活最幸福的岁月。这不仅仅在于生活条件的优渥，更重要的是使我开阔了眼界，使我不再局限于书本上的知识，而是得到了德智体美的全面发展；尤其是我饱受文体熏陶，爱上了音乐与体育，因而大大地丰富了我的生活，并使我终身受益良多。

当我回忆这些时，我突然想到在进化心理学领域长期以来所争论的“先天与后天”（或“遗传与环境”）因素对一个人的影响孰轻孰重的问题。由于我的“冰城岁月”的特殊经历，即便作为一个演化生物学家，我也无法接受基因决定论的观点。因为至少在我身上，后天的环境因素（尤其是我在哈尔滨的生活经历）在很大程度上塑造了我后来的人生和性格，比如我的见识、兴趣与爱好、同理心、开放的心态与开阔的眼界，等等。简言之，正是由于成长过程中的这些偶然的环境因素影响，使我后来并没有成为单纯意义上的“小镇做题家”……

# “思发在花前”

1962年的春节前夕，在哈尔滨工人文化宫体育馆里，姨叔和姨婶带我去看了一场世界冠军庄则栋、哈市女乒乓球国手韩玉珍等运动健将的表演赛，那真是太过瘾啦！终于有机会亲眼观看心目中的偶像打球，那种幸福感，对于一个酷爱乒乓球运动的十来岁少年来说，实在是难以用语言来描述的——这跟现在的青少年去演唱会追逐歌星，是毫无二致的……

常言道，“每逢佳节倍思亲”。我只是个孩子，平时在哈尔滨乐不思“皖”，也是“童”之常情；然而，每到逢年过节的时候，还是免不了会十分想念父母和家乡。父母亲一直想念着我，更是毋庸赘言的。父亲的来信总是比较克制，但是字里行间的思念之情，无论如何也是掩饰不住的。母亲的来信往往不忍卒读，尤其是1961年下半年以来，随着安徽形势的好转以及我离家的时间越来越久，她更是希望我能早日回去。

姨叔和姨婶对此是非常开明的，尽管他们十分喜欢我、疼爱我，享受身边有孩子的乐趣，然而他们理解我父母的心情并尊重我的选择。其实姨奶是最舍不得我走的！有一次我听通情达理的姨婶笑着对她说，妈，这孩子原本就是来走亲戚的，咱们也甭太“贪心”了……姨奶说，我当然懂，等他在这里上完小学再说吧。

春节前夕，姨叔和我分别收到了我父母的来信。一是新春的问候，二来今年的农历是虎年（我的本命年），而我的阳历生日又恰巧落在春节的前一天（大年三十），父母亲格外地记住这个日子（无疑也更加想念我）。

过去的一年，是姨叔尤为忙碌的一年，但“哈夏”的大获成功，令他感到十分欣慰。我在学校的表现甚好，姨奶和姨婶在我身上都花了很多的心血，大概由于我，婆媳之间的交流也比以往多得多，我们这一家真是温馨、幸福、其乐融融。

年后不久的一天，姨叔和姨婶上班去了，只有姨奶跟我在家，我们在一起读诗。其中读到了一首薛道衡的五言绝句：《人日思归》，她问我懂不懂。“入春才七日，离家已两年。人归落雁后，思发在花前。”我答：“似懂非懂吧，不过，好像是在说我呢！”姨奶笑了笑，给我解释了这首诗，并说：“你理解得也差不离。这首小诗写得确实很妙，词浅而意深、语淡而情浓，足显齐梁之风，你要好好地去体味和学习。”

“对了，你来这里也有两年多了，一定也很想家了吧？”姨奶问我道。

我点了点头。

“你可能要回安徽去读初中了，你姨婶说，没有本地户口，继续留在这里的话，上中学可能会十分困难。”

我说：“我知道了，我会想念你们的。”

姨奶把我紧紧地搂到怀里，好像我马上就要跑了似的。我便安慰她说：“我会经常回来看你们的，放假就来！”其实，我当时心里也很矛盾，我真的舍不得离开这个待我如己出、非常温暖的家。

不过，几个月之后，在暑假结束之前，我终究还是离开了哈尔滨，回到了我凤阳的家……

我发现，仅仅离开了两年多，家乡的变化却非常大。正值地方政府在落实党中央发展国民经济的“八字方针”（即“调整、巩固、充实、提高”）初见成效之后，市场逐步走向繁荣，人们的生活水平也得以迅速提高。我们家的情况也还不错，父母亲的脸色看起来都挺好，弟弟已经五岁了，显然对我还有些“认生”，但我从哈尔滨给他带回来的玩具和糖果点心等礼物，迅速地拉近了我们之间的距离……

陈家的两个姐姐也高兴地跑过来看我，陈伯伯还让她们给我带来了刚出锅的卤菜。我这算得上是

"少小离家'未大'回，乡音虽改鬓未衰"，看到家人与邻里们都还挺好，自然也禁不住地感到"归乡喜若狂"了。然而，每当火车呼啸而过的轰鸣声传来的时候，顷刻又把我的心带回了远方……我不得不承认，在后来相当长的一段时间里，我非常想念哈尔滨的亲人们。

回家后没几天，我秋季上学的事儿便提到"议事日程"上了。与毗邻的江苏省相比，当年安徽省的中等教育相当落后，拿凤阳县来说吧，全县只有县城有一所"完全中学"(即包括初中部与高中部的"凤阳一中")，另两所初中（即二中与三中）分别在县内另外两个较大的镇子上。我们镇子上的三中，是才建立起来的比较新的一所学校。按照我的情况，去县城上一中应该是没有什么问题的。但我父母觉得我的年龄还小，一个人去县中住校，还是不太放心；况且我又是刚从东北回来，他们也舍不得让我再"离家出走"。我父亲事先也做了一番认真的"调研"，发现三中的师资其实挺好的，盖因当时的校长胡昭发先生是很厉害的教育家，他招揽来了一批优秀的少壮派中青年教师，有些是他从原来蚌埠淮河师专“挖”过来的老师，有些是毕业不久的大学生。

就这样，秋季开学我便就近在三中读书了。后来的事实表明，父母当年的这一选择是十分明智的。至少使我有机会在父母身边又生活了三年。而初中毕业以后，尚是少年的我，便再度远离家乡赴南京求学，且越走越远了。

在三中的三年期间，我有幸遇上了几位对我影响很大的老师。语文教研组组长刘广明老师才华横溢，写得一手板桥体的“三分半书”好字，且博览群书。另一位语文老师杨裕龙喜欢写作，经常给文学刊物投稿，一度为了不让同事们发现（尤其是被退稿），他十分信任我，让我替他到邮局去投寄稿件，并用我的名字和家庭地址来接收编辑部的回复。

数学教研组的陈必勇老师，出身于安徽休宁有名的书香之家，极度聪明。由于我爱上了数学（尤其是几何），他经常给我“加餐”，还借给我华师大数学教授许莼舫先生编写的趣味数学书籍，我做了很多学校教材以外的数学练习题。尤其是在平面几何解题中添加关键性的辅助线方面，我成了远近闻名的“高手”。

此外，刘老师和陈老师乒乓球都打得很好，我在同学中没有什么对手，因此便经常跟他们一起打球、切磋球艺，建立了亦师亦友的密切关系。由于我对化学课也特别感兴趣，我跟化学教研组的郑老师也关系甚笃。

有一位音乐老师是上海人，叫宋福恩，身材高大，是上海音乐学院作曲系的高才生。胡校长慧眼识才，把他要来担任音乐老师，他会好几种乐器，自己还带来了小提琴与单簧管，他的肺活量很大，歌也唱得极好。由于我在哈尔滨的经历，所以他跟我谈音乐不至于感到是“对牛弹琴”，十分乐意教我音乐方面的知识。他还教我做指挥，我曾担任学校里排演歌剧《白毛女》大合唱的指挥。

由于同学里有不少是家在外地的住校生，所以学校有集体上晚自习的规定。那时候我们那里还没有电，因此，晚上每个教室里悬挂着几盏很大的煤气灯照明。老师们还会巡逻检查各班的晚自习情况。

总之，在三中的三年学习期间，我有幸遇上了一帮非常优秀的老师，学习到了十分扎实的文化课知识，并且获得了德智体美的全面发展。初中毕业时，在 1965 年安徽省全省中考统考中，我以语文第一、数学第二以及总分第一的好成绩，为学校赢得了荣誉。

那一年的夏天过后，我登上了南下的绿皮火车，只身去南京求学——彼时我还是个十四岁的少年，脖子上依然系着红领巾……

# 鸡鸣寺下

1965年8月底，十四岁的我，背负简陋行囊，怀里揣着母亲给我留作零花的五元钱，带着对家乡的眷恋和对未来的憧憬，坐上在沿线每个小站都要停靠一下的绿皮车，慢悠悠地到达了终点站浦口车站。那时候，南京长江大桥尚未修建，去南京的话，必须从浦口码头乘轮渡摆渡过江到对岸的下关码头，才算进了南京。好在学校在浦口车站外面设立了新生接待站，出了站，我一下子就“找到组织了”！

我在“南京地质学校新生接待站”的长条桌前甫一站定，正要低头去书包里取出我的录取通知书报到时，忽听有人在问：“这位是苗德岁同学吧？”

我十分吃惊地抬头一看，是一位中年模样的男老师在笑着问我。他接着自我介绍说："我叫邵诚，是我从合肥实验中学招生人员的手里把你给抢过来的！欢迎来到南京地质学校！"

邵老师看到我"莫名惊诧"、一脸蒙圈的样子，便把我招呼到桌子后面去，让我坐在他旁边的板凳上，一边等候着其他陆续出站的新生前来报到，一边有一搭没一搭地跟我解释他为什么会一眼就认出我来。

"今年是我校头一次到安徽省招生，学校派我带了一个招生小组去合肥挑选学生。我们很快就发现，安徽考生的质量普遍较高，第一志愿报考我校的人数也相当多，这给了我们招生小组一个十分意外的惊喜。"邵老师用带有浓重江南口音的普通话，向我介绍他注意到我的缘故。

"由于你的考试成绩是全省总分最高的，因而引起了大家的注意，尤其是我们、合肥实验中学、屯溪卫校以及蚌埠二中等学校的招生人员，都在找你的报考材料。好在你填的第一志愿是我们学校，合肥实验中学只是你的第二志愿，所以我把你的材料从合肥实验中学那里夺过来了！上面贴着你的照片，你的年龄又这么小，是很好记的——所以刚才我一见到你就认出来啦！欢迎到地校来，我相信你也一定会喜欢我们这里的……”

经邵老师的这么一番介绍，我才明白了个中缘由。我又把一道来的另两位家乡同学宫伯昌和程兴业介绍给了邵老师。宫伯昌是我初中的同班同学，程兴业则是我们教室隔壁另一个班的学生，他们俩也同时被南京地质学校录取了，我们三人那天是坐同一趟车来的。邵老师查了一下，他们俩被分在地质勘探专业，而我则被分在了地形测量专业。邵老师说，他本人也是地形测量专业的老师，并将是我们班的“指导员”。然后，他把我的两个同学介绍给了新生接待站的另一位地质专业的老师。我们一边等下一班车抵达的新生，他一边继续跟我聊起来……

乘坐下午这两趟车前后到达浦口车站的新生，足足有好几十号人，有来自安徽的，也有来自江苏徐州地区的。我们排好队一起步行去码头乘轮渡，到了下关时，学校里已经有两辆解放牌大卡车等在那里来接我们。过了挹江门，没多久卡车就开到了鼓楼广场——我以前来过南京好几次，鼓楼广场我还是认识的。邵老师告诉我们，马上就要到学校了！

果然，地质学校离鼓楼广场非常近。当我们的卡车开到学校大门口时，那里已经站着一排老师和高年级的学生，他们扯着一条“欢迎新同学”的红布横幅，敲锣打鼓地在欢迎我们，让人心底顿时涌起一阵温暖……

我一下子就注意到了校门口的方形地址牌子上写着“大石桥 4 号”，旁边的门柱上面还悬挂着一个“地质部南京地质学校”的长木牌子，看起来就是一所很漂亮的学校。不过，我很快就发现：我们学生宿舍就在马路对面的大石桥 17 号，而宿舍楼东侧正对着只有一条大马路之隔的“老虎桥监狱”，路对面的监狱西北角有一个高大的圆柱形岗楼，加之监狱四周高墙上的铁丝网十分醒目，我在宿舍里往窗外一望便可以看到这一特殊的“景观”。后来还听说，这在新中国成立前曾是国民党的高级监狱，陈独秀等人曾经被关押在里面，更平添了一份厚重的历史感……

分隔老虎桥监狱与我们宿舍楼的那条大马路叫“进香河路”，据说那里原本是南京人乘船去鸡鸣寺进香的一条河，后来被填起来成了大马路。因此，我们学校其实就在鸡鸣寺的脚下，鸡鸣寺的上方是北极阁，旁边就是玄武湖公园——我们学校那一带的景致确实很美，环境也非常好。校园东侧进香河路的东面，便是南京工学院（即现在的东南大学）。

南京地质学校是一所由地质部直接管辖的部属中专，前身为华东军区测绘学校，当时除了中国人民解放军总参谋部下属的武汉军事测绘学院之外，是为国家培养、输送地图测绘人才最重要的专科学校。因此，我们专业所属测绘科的老师们基本上全都是部队转业干部（包括邵诚老师）。连我们的班级编制，也沿袭军队传统：我们那一届地形测量专业招收了两个班级（代号分别为地形6509和6510班），我分在09班，两个班合称为“队”（即连队），队长是王文中老师，广东人；指导员则是邵诚老师，无锡人。

跟我们平时交往频繁的，还有一拨测绘科的中青年老师，他们也都是原华东军区测绘学校的知识型干部。其中不乏多才多艺者，比如钮绳武老师不仅手风琴拉得好，歌也唱得好；王文中老师是很棒的男中音；劳永乐老师拉小提琴达到了准专业水平；张宗文老师则是文学爱好者，尤其喜爱唐宋词，也是我最亲密的朋友之一。邵诚老师比较严肃，但他是把我“抢”到地质学校的人，我们入学不久，他就提升为学校的学生科科长，接替我们指导员位置的是上海人陈俊理老师。我十分幸运地得到了上述老师们无微不至的关照、悉心培养，建立了深厚友情。

我进校后不久，通过比赛和选拔，进入了乒乓球校队。因此，我经常跟老师里的乒乓球爱好者及高手们在一起打球、切磋球艺。其中地质科的一位削球手朱履熹老师（上海人，南京大学地质系毕业生），跟我的关系很好。多年后，我考上了中国科学院古脊椎动物与古人类研究所的研究生，他向我祝贺时顺口提了一句："那个研究所里有个研究员是我的表妹，你到了那里如果有什么需要帮忙的话，可以去找她。"他的这位表妹竟是后来跟我关系十分密切、亦师亦友的张弥曼院士！世界真是何其小也……

地校老师们的关爱，使我愉快而充实地度过了第一学年。而这一年里，我们主要是集中学习包括语文在内的基础课，为其后的专业课学习做准备。因而，在这一年里，我们几乎是加速地学完了普通高中的全部数理化课程，这使我后来一生中受益无穷。我当时并未意识到，这可能是我小时候提前两年做"伴读生"的又一意外大收获。

# 告别少年

1966年春节据说是有史以来最早的，我结束了在南京地质学校的第一个学期，1965年底放寒假，我又过江到浦口车站去乘慢悠悠的绿皮车回家过年。在浦口车站候车时，偶遇我隔壁6510班的G同学，她家在滁县（即现在的滁州，也即欧阳文公在那里做太守，写下了《醉翁亭记》的“环滁皆山也”之所在）。我们是同年级同专业每日抬头不见低头见的同学，不特此也，我们还同在校乒乓球队，平时练球以及出外比赛，也经常在一起。任你们信不信，我们俩之前曾在一起打过球（是教练让我做她的陪练），却从未说过话！不能不说那时候的孩子，也已经是“人小心大”了……

大概看到周围没有其他认识的同学，她主动走过来跟我打招呼，问我："放假回家过年？"

"嗯。你也是？"

"我从滁县下，家在滁县城里。你去哪儿？"

"我去凤阳。"

"那我们可以同路一段。你去过滁县吗？"

"去过好几次，跟父亲去玩过琅琊山。"

"我家在县医院，放暑假再来玩？"

"到时候再说……"

就这样你问我答地聊着极短的"简单句"，检票、进站、上车，我们坐在一起。一路上就这样有一搭没一搭地闲聊着。按照爱因斯坦对其相对论的通俗解释，她"瞬间"就到站下车了。临别时她递给我一张纸条，上面写着她家的地址，她说："有空给我写信？年后我们可以约好同一班车返校！"

我不置可否地口中没词了……

其实，我始终都没好意思跟她有过目光接触。她应该至少比我大两岁甚至更多。但那个年代，少男少女之间就是如此的“隔膜”。现在回想起来都觉得挺可笑的……

寒假期间，我终究没有给她写过信。回校后，她曾经请我一起去中山东路体育馆看过一场江苏乒乓球运动员周前的表演赛，周前不久前刚打了个全国第三名的好成绩，并入选了国家青年队。近两年后，我回到学校等候分配工作，据说那时她已被高年级的一位学长追上了。

其实，那时候我在关心着更加重要的“个人”问题！

虽说地校的老师和同学们对我都挺好，但随着对测绘专业逐渐了解得越来越多，我开始觉得我不大会把这个作为我的终身职业的。哈尔滨的亲人们得知我到南京读中专的消息后，写信跟我父母说，德岁这孩子，不读大学的话，实在有点太可惜了！如果是出于经济方面的考虑的话，我们乐意帮助培养他到大学毕业……

姨婶给我汇来六十元以及二十斤全国粮票，写信嘱咐我：如果学校食堂伙食不好，到外面买些好吃的补一补，你正在身体发育期，不要委屈了自己。如果还是想读大学的话，可以向学校里提出退学申请，夏天再重新考高中，你反正年龄还小，仍旧来得及……

说实话，我当时确实也曾考虑过这个问题。1965年底，我们看了新电影《年青的一代》，曾在我心里着实掀起过一阵波澜。我一直梦想将来当个作家，而当一辈子的测绘工程师，是我过去从未认真考虑过的。还有一点是我从来没有流露过的，即经过一个学期与班里同学的朝夕相处，我有了一丝不大自在的感觉。一是，他们年龄都比我大两三岁甚至更多，我是全校唯一的系红领巾、领儿童布票的"小"学生——他们显然都比我成熟得多，或是说有心计得多。尤其是大多数同学都是农村出来的，按照现在的话说，他们其实"卷"得厉害，我人小、成绩好，又被老师们偏爱，令一些老大哥心里很不爽。比如，那时候开始加重了政治学习，尤其是掀起了学毛著的热潮，有些同学总是含沙射影地说我只专不红，不重视政治学习。事实上，毛主席诗词与著作，我比他们都熟悉得不知多少倍！我满十五岁后，便积极要求进步、申请入团，有几个人总是从中作梗，令我感到很困惑，甚至有些苦恼。

指导员程老师找我谈话，让我听到有些闲话，尽量做到有则改之无则加勉，并说“人性是复杂的，人生也并非总是会一帆风顺的，要能接受锻炼、经得住考验才行”。我向他表示自己正在考虑申请退学、复读高中，还是希望最终能够上大学。程老师说，这话现在千万不要说出去！头一年反正也是上高中基础课，你现在中途退学，没有什么意思。等学年快结束了，你真的决定要退学的话，那时候再正式提出来，也还是来得及的……

我十分感激程老师当年的这番话，倘若我当初真的马上退了学的话，半年多之后，全国的学校就都停课了，那之后我也不可能被分配到地质队工作，最终的命运会怎么样？现在想起来也很难说。多年后，我跟程老师夫妇谈起这件事，他们也很感慨，程老师说："你当年跟我说的话，我当作没听见，跟谁都没提过……"

1966年春节后不久，我度过了十五岁生日，春季开学回到了南京地质学校，已经不再是少年啦！开学后不久的初春三月，学校里发生了一件令人难忘的事情。时任地质部副部长、党组书记的老红军何长工同志，来江苏检查工作，一天下午由江苏省地质局成西荣等领导同志和我校校长兼党委书记李惠民陪同视察了我们学校，并在我校大礼堂做了一场妙趣横生的报告，让人忍俊不禁、大呼过瘾。

何长工同志是我党老一辈革命家，曾跟周恩来与邓小平一起留法勤工俭学，参加了井冈山革命根据地的建设，并且是"朱毛会师井冈山"的联络员。何老是湖南人，胸怀坦荡、快人快语、幽默风趣。那天我们全校师生在校园里列队欢迎何老的光临，从校门口一直排到大礼堂，因为我年龄小、个头矮，跟其他同学比起来还像个小娃娃，因此排在了队伍的最前排，何老路过时，笑着问李校长："你们这里还有儿童团?”顿时引起大家一阵哄笑和鼓掌……

那天何老的报告，谈兴甚浓，足足讲了两个多小时，他也没有讲稿，却滔滔不绝。谈到地质测绘工作者的野外艰苦工作时，他引用了野外队里流传的一些顺口溜:“勘探、勘探，妻离子散；远看是逃难的，近看是讨饭的，仔细一看，原来是搞地质勘探的!”“好女不嫁勘探郎，一年到头守空房，有朝一日回家转，带回一堆破衣裳。”这些话听起来让人心酸，但何老转而严肃地对坐在台上的省地质局领导们讲:“我们各级领导干部都要深切关心野外地质工作者的艰苦生活，制订一些具体的政策和措施，切实解决他们夫妻两地分居、子女上学难等实际困难，让我们地质工作战线上的尖兵没有后顾之忧!”他的话激起下面一阵阵的热烈掌声。

1966年夏天也没有什么暑假了，到了8月底9月初，很多人就都跑出去全国大串联了。我胆子小，哪里也不敢去，别的同学恐怕也嫌我是“累赘”，反正没有人要带我出去串联。我也不敢公开地在学校里看书了。同宿舍有个家里从上海下放到安徽的“李大哥”，也是个“观潮派”，他比我大三岁，整天在宿舍里拉小提琴，水平很差，吱吱呀呀的像杀鸡似的，我也只得感恩般地享受他老兄的“陪伴”。

到了11月底，有一天，我的一个凤阳老乡彭立明突然找到我，说：“现在全国大串联了，免费坐火车，到哪里都吃住免费，你还傻待在学校里干什么？也不趁机出去玩玩？”

“我听说火车上人满为患，旅途上很遭罪的。再说，也没人跟我做伴一起出去……”

他说：“我们有几个人准备去北京，你要不要跟我们一起去？”

我说：“好呀！”

于是12月中旬我跟老彭等几个“老大哥”好不容易挤上了北上的火车，去北京啦！那是我唯一的一次出去串联，我是吃不了那种苦的，车上塞得像沙丁鱼罐头一样，到处都是人——厕所里挤满了人，行李架上塞满了人，座位底下也睡满了人。我个头小，好不容易跟另一个小个子同学一起把自己塞到了座位底下，连翻翻身或动弹一下的空间都没有。车内的空气和气味可想而知——此生再也没有受过那种罪……

到了北京以后，我们直奔地质部机关所在地——西四的羊肉胡同、兵马司胡同一带，被部里安排在地质礼堂住。我们跟其他人一起全都睡在地质礼堂的大舞台上，北京冬天室内供暖，比南京舒服多了，大家把舞台幕布铺在地上做褥子，接待站拿来一些被子，反正人多，一点也不觉得冷。

回到南京不久，我就“打道回府”，躲在老家当了近两年的“逍遥派”，直到学校发通知让我们回校。半年以后，学校就按照省局的要求，把我们这届的毕业生全部分配到了江苏省内的各个测绘队或地质队，于是我被分配到了镇江地质队。我又一次“歪打正着”，侥幸被分到了离南京较近的江南地区工作，在那里我工作了不到三年，便获得了上大学的机会——“其余皆成历史”( The rest is history )。

# 地校与我

从小学开始到在美国博士毕业、完成博士后训练，直到在大学里工作，我一生中，除了在镇江地质队工作三年以及在中国科学院古脊椎动物与古人类研究所工作一年多之外，余下都是在学校里度过的——国内外加起来共有十多所学校。但细细回想起来，于我感情最深的，当数哈尔滨的南岗小学以及地质部南京地质学校。

我喜欢文学及爱看闲书的习惯自小就有，从未动摇过。爱看书自然就爱钻图书馆，因此，入学不久我就认识了在南京地校图书馆工作的徐进敏老师。她是湖南人，著名的常德师范学校的毕业生，知识分子干部，也一直十分爱好文学。由于地校图书馆的藏书大多是与专业相关的图书，故文史方面的书籍并不是很多。我入学不久，好像地校图书馆就无书可借了。徐老师对我关爱有加，了解到这种情况之后，便替我办了一张南京图书馆的借书证（我大概是学生中唯一享受此特殊待遇的），让我可以周末或节假日去那里借书或看书。南京图书馆位于成贤街，离我们学校很近，藏书颇丰。

后来，她又请我星期日去她家里吃饭，进了门着实把我吓了一大跳，那竟是我们李校长兼书记的家！李校长亲自下厨包饺子，还关切地询问我的学习和生活情况。再后来，李校长在全校大会上表扬了我，并以优等生代表的名义，安排我做大会发言，颇让我出了一点风头，满足了我不谙世事时的一点虚荣心。为此，我小小年纪也曾尝到了一点“木秀于林”的滋味。

我不愿介入学校里的争斗，便躲回安徽老家当了近两年的“逍遥派”。我一直庆幸当年我出于直觉的选择，在那动乱的岁月里，我不曾伤害过任何一位师长，也不曾做过什么愚蠢的事情，其间我又在家乡偷偷地读了许许多多的书。

我后来听张宗文老师私下跟我说：“到李校长家做过客的学生只有两个人：一个是你，另一个是Q同学。”

虽然徐老师从来没有跟我提过这件事情，但我感觉到，她是拿我当自己的孩子看待的。尤其是我大学毕业后回到地校教书，经常周末去她家里蹭饭——那时候她家买了电视机，有好的节目，她就打电话让我过去跟他们一起欣赏。他们老两口在电视机前一人把一边，我们几个客人坐中间，也算是那个时代的家中一景。后来，我的太太也是徐老师介绍我们认识的，由于徐老师跟我岳母曾是部队战友，我太太打小一直称徐老师为“徐阿姨”；因此，我们结婚之后，我也改口随着她喊“徐阿姨”了。

一直以来，我对地校怀有一份特殊的感情，主要是因为她对我的知遇之恩。1976年底，我即将结束南京大学的学习生活，面临毕业分配。我上大学之前来自江苏省地质局镇江地质队，自然得回到那里去。南大地质系跟我私交很好的张永辂、刘冠邦等教授都在私下叮嘱我，毕业后一定要设法留在南京，待机发展。我回地校去找到恢复了原职的李校长以及蔡炳文副校长，他们则分头找了江苏省地质局的领导们“求情”，再一次把我“抢”回了地校——我由六十年代测绘专业的学生变成了七十年代地质专业的老师。“二进宫”以后，不仅巩固了我以前的师生之谊，而且自己初为人师，又结交了许多新的同事和学生——地校再一次成了我舒适温馨的“家”。

在我到地校任教一年后的1978年春，时值改革开放之初，国家恢复了中断多年的研究生招生制度，我也跃跃欲试地准备报考中国科学院古脊椎动物与古人类研究所的研究生。地校的领导们不仅没有阻拦（从本位主义出发，当时许多单位通常都会从中作梗的），还给我所属的地质科打招呼，请科里适当地减轻我的任课负担，以便我可以集中时间复习迎考。我的同事严恩增和徐泉清两位老师甚至分担了我所教的全部课时，好让我全力以赴地备考——天底下恐怕再也找不到这样的好领导和好同事了！我是何其幸运啊，我终生对他们感恩不尽。

我对地校怀有一份特殊的感情，也因为我的嘴特别馋。从学生时代起（当年伙食定量，一般都吃不饱肚子），一直到在南大读书，后又回地校任教，我不知道在地校的多少老师家里蹭过饭。他们或把我当成自己的孩子（如李校长夫妇），或把我当成小弟弟（如张宗文、王曼青伉俪等），在那物资匮乏的年代，常常和我分享那些来之不易的美食。王淑芳老师做的河南面食，叶开元老师和章学信老师烧的浙江菜，我现在想起来都会流口水……我少小离家，是地校的老师们给了我温馨的爱，我永远忘不了他们的恩情。

我总觉得我与地校之间，有一层较之普通毕业生更为特殊的感情——如果不是我自作多情的话，那就是："我见青山多妩媚，料青山见我应如是……”地校如同我的母亲一样，我取得一丁点的成就，她就欣慰、骄傲甚至爱向人家炫耀；我有了些许闪失，她就为我担心、开脱甚至还有点护短。六十年来，无论我走到天涯海角，处于顺境或逆境，地校和母亲一样，总是常常在我的梦中和思念之中。

“是那山谷的风吹动了我们的红旗，是那狂暴的雨洗刷了我们的帐篷……”这是我六十年前入学后王文中老师教我们唱的第一首歌——《勘探队员之歌》。半个多世纪以来，在我风雨兼程的人生旅途上，也是这首歌伴着我“攀上那层层的山峰”……

那是我唯一的一次出去串联，我是吃不了那种苦的，车上塞得像沙丁鱼罐头一样，到处都是人。回到南京不久，我就“打道回府”，躲在老家当了近两年的“逍遥派”，直到学校发通知让我们回校。

# 唯有“幸者”留其身

# （代后记）

熟悉李白《将进酒》这首诗的读者朋友们，一眼就会看出这个标题脱胎于其中的“古来圣贤皆寂寞，唯有饮者留其名”。我应邀写这本书的时候，很快就想到用《幸者生存》这个书名，虽然对于一般读者来说，似乎并不是十分“友好”，然而却能较为真实地反映出我青少年时代发生的一些事情（个人“可控”或“不可控”的）对我整个人生重大而深远的影响，即如何决定了我的命运并塑造了我的人生。我希望这些个人经历能给予读者些许的启示。

我是专门从事地质古生物学研究的演化生物学家，“三句话不离本行”，那我就从“幸者生存”一词的概念谈起吧。大家可能都听说过“物竞天择，适者生存”，现在大多数人将其与达尔文的生物进（演）化论等同起来。尽管从专业的眼光看，这并不十分确切，然而它确实比较简练而形象地概括了生物演化论的核心思想内容：世间万物为了生存而相互竞争，经过世代之间基因的变异和遗传以及严酷的自然选择，最终能够适应自然环境者生存下来，并繁衍了后代；反之，则会走向灭绝。

前些年，一些演化生物学家提出，现实的情况反映出来，单纯地能够“适应”有时候并不能够确保会生存下来，很多时候还要靠一点“好运气”。换句话说，“适者”只是具备了生存的必要条件，并不一定具有生存的充分条件。比如，恐龙原本是中生代地球上的霸主，属于极度的“适者”，然而，在距今6600万年前的中生代末期，突然“祸从天降”，一颗巨大的小行星撞击地球，使恐龙和很多其他生物物种中的“适者”惨遭灭绝的厄运。而原本看起来不大起眼的早期哺乳动物祖先以及从小型恐龙刚刚演化出来的早期鸟类却幸运地生存了下来，成为新生代地球上生物多样性最重要的成员。因此，一些演化生物学家们提出，“幸者生存”（survival of the luckiest）一词，似乎比“适者生存”（survival of the fittest）更加贴切一些。

回顾我的人生经历，尤其是青少年阶段，“幸运”（luck）这一偶然因素确曾多次影响或改变了我的人生轨迹。比如，若不是我因家中无人照顾而跟着陈家两位姐姐“伴读”，从而比同龄人高出了两个年级的话，就不可能上南京地质学校，也不可能学了那么多的文化基础课，更没有可能为后来在求学中的“发力”奠定了那么坚实的基础。同样，若是没有赴哈尔滨投亲的经历，我也绝不可能变成今天之我。简言之，之前的这些偶然因素给我带来了“不可复制”的人生（戎嘉余院士的话）。倘若是当年错过了一步的话，那么后来大概率上也就会步步都错过了……因此，“幸者生存”这一概念在我身上的体现，算是相当典型的了。

当然，诚实地说，单靠“好运气”常常也是十分不靠谱的。比如，指望买彩票发财、“天上掉下馅饼来”这类好运气，如同怕出门就碰上车祸一样，都是概率极小的偶然事件，在现实生活中是极少发生的。

一如巴斯德所言：“机遇只偏爱有准备的头脑”，我也感到，幸运常眷顾执着与坚守的人。我青少年时期生活在一个颇为动荡、常常是前途难卜的年代。作为一个个体，我觉得自己宛若时代洪流中被裹挟、席卷而漂浮在水面上的一粒微不足道的花粉或微尘而已，如果随波逐流的话，最后的命运如何是可想而知的。

即便从世俗意义上来说，我至今也谈不上有什么了不起的成就。然而，我为自己执着追求世间一切美好的东西（文学、音乐、体育、科学等）、从未虚度年华而感到无憾，为能够坚守善良的美德而感到欣慰。我写这本书的目的，并非为了炫耀或是自吹自擂，试图为自己“树碑立传”，而是为了跟读者们分享我的一些人生经历与感悟而已。

时下在教育问题上，无论是家长还是小朋友自身，或多或少都会有一些焦虑，这既是可以理解的，也是不足为奇的。每一个时代都有各自时代的焦虑，这也是人生的无可奈何之处。回过头去看，所幸我的父母从来没有过度干预过我的选择，我也从未“赶时髦”或“随大流”去追求大家竭力追逐的一些东西。我有自己的兴趣与爱好，我从来没有放弃过追求这些东西。我在地质队钻机上劳动锻炼期间，仍然花很多业余时间学唱京剧，反复地收听电台播放的现代芭蕾舞剧《红色娘子军》与《白毛女》的交响乐。而读书和写作是我从未须臾荒废过的“癖好”，它们对于我来说，像空气、水和粮食一样重要，因而从未受到过任何环境变化的影响。

我曾给自己的书房取了个“五半斋”的斋号，意思是：半文半理、半土半洋、半瓶子醋。我向来认为文理之间是相通的，两者之间拥有共同的创意源泉。写不出漂亮文章的科学家，一般也很难被称作杰出的科学家。

最近，很多人对AI将来可能会取代我们人类而感到焦虑甚至担忧。我向来对此说法嗤之以鼻，我有一个研究AI的专家朋友，我问他，你们研发的AI有望取代我这样的人吗？他说，Not A Chance（没指望）！我们俩都笑了……

无论文理科，创造力的来源主要包括（但不限于）好奇心、观察力和想象力。好奇心是与生俱来的，每一个孩童都有一颗无比好奇的童心，我过去为《三联生活周刊》写过一篇文章，指出，往往是我们后天的教育扼杀了孩子们天生的好奇心。而杰出的科学家（如爱因斯坦、费曼等）和艺术家（如德彪西、伯恩斯坦、毕加索、黄永玉等）都是终生保持一颗童心的。我的好多科学家和艺术家朋友，也都是一帮不可救药的“老顽童”。

敏锐的观察力无论对作家、科学家还是艺术家（或是特工人员）来说，都是至为重要的。我们行内有个广为流传的故事：著名的博物学家、冰川学家、鱼类学家、哈佛大学比较动物学博物馆的奠基者阿格塞当年在哈佛教脊椎动物比较解剖学的时候，通常会在实验室的盘子里摆上一条鱼，让学生们去观察与描述这条鱼。有的学生观察了两个小时以后，把观察报告和鱼交回去，阿格塞扫了一眼，打回去！继续观察！就这样翻来覆去，有的学生搞了一天连一条鱼都搞不定，第二天还要继续观察……在阿格塞教授的眼里，任何一个细节特征都不可以遗漏！如果我们说一个学生的眼睛好，那是对其观察力很高的评价。英语有句谚语：“一切都在细节里”，因此观察力对创造力来说是极为重要的。这一点，“死读书”和“读死书”是不行的。

天马行空的想象力无疑是创造力中最为可贵的素质之一，对作家、科学家与艺术家来说，同样都是非常重要的。缺乏想象力的东西，是不值一提的。当然，想象力是要以丰富的阅历、广泛的阅读与独特的见识为基础的，也不是什么“空中楼阁”。

再就是“通识”与“专精”的问题。余英时先生曾指出，治学无非二途，曰“通识”与“专精”。现在是“专家”多而“杂家”少。凡大学问家、大科学家与大艺术家，没有博闻广识是不行的，视野必然会受到局限。无法突破学科藩篱，就不大可能做到融会贯通，很难做出突破性或跨学科的大学问来。比如，余英时先生本身在文学、史学与政治学等领域，都有很深的造诣，因而能够做出遗世垂范的大学问来。爱因斯坦、杨振宁、李政道先生等也都是文理、艺术兼通的大家。而这些积累都是要从孩提时，就开始且终生不可间断的。我向来反对成功学一类的说教，也讨厌莫名其妙地“卷”；但是我依然笃信持之以恒、集腋成裘、水到渠成的学习态度，执着地追求世间一切美好与美妙的东西，常怀平常之心，拒绝“跟风”趋时。如果我的这些点点滴滴的“散记”或童年故事能够提供一些思考和启迪的话，我们首先得感谢孙玉虎先生策划与编辑了这套小书——窃以为，这可以算是一件功德无量的“小事体”。